井坂洋子

詩は あなたの 隣にいる

筑摩書房

詩はあなたの隣にいる◆目次

一　ことばのかけひき――発見や感動の表現法

魔法のランプ……10

都に雨の降るごとく（P・ヴェルレーヌ）、自明灯火（暁方ミセイ）

眠るふるさと……21

こころ（工藤直子）、小景異情　その二（室生犀星）

カマキリとウマオイの庭……30

〈タイトルなし〉（エミリ・ディキンソン）、樹時計（鈴木東海子）

ことばのつぼみ……40

朝の幸福（清水哲男）、八百屋（中神英子）

木の生き方、ことばの冠、新しい庭（牟礼慶子）

かわひらこの行方……58

玉手箱（日和聡子）

二　「私」を書く、「私」を消して書く——立ち位置の確保

モヤモヤの詩……68
ひどく（川崎洋）、どろりの皮だよ（佐々木安美）、うしろで何か（松井啓子）

私はここにいる……79
トラックが来て私を轢いた時（永瀬清子）、私は逃亡者（フェルナンド・ペソア）

ババの笑い……88
シジミ（石垣りん）、超低空から（森原智子）

being/doing……98
世界がほろびる日に（石原吉郎）、底を歩いて（山之口貘）、植樹祭（渡辺めぐみ）

三　ロジックの網——アフォリズムと詩の中間にあることば

みすゞとみちお……110

こだまでせうか、大漁、夜（金子みすゞ）、ものたちと（まど・みちお）
童心と詩の躍動……121
素朴な琴、鞠とぶりきの独楽（八木重吉）
他者のあり様……131
生命は、滅私奉公、三月（吉野弘）
あけがたにくる人よ……141
あけがたにくる人よ（永瀬清子）、凍る季節（港野喜代子）

四　未知への手さぐり——出来事を超えた世界へことばで導く

脱地球へ……152
昔の月（堀口大學）、卵（吉岡実）、動作（ジュール・シュペルヴィエル）
神秘の綱渡り……161
遠い川（粕谷栄市）、路上（新川和江）、笑って（茨木のり子）

ふたつの山の上に……169
風景―純銀もざいく、沼（山村暮鳥）、高地の想像、湖（中本道代）
虚無と夢想……179
のちのおもひに、朝やけ（立原道造）、犀の雫（支倉隆子）

五　ふれることの出来ない「あかずの間」――それを比喩で暗示する

わたしの旗……190
旗（加藤温子）、球を蹴る人―N・Hに（茨木のり子）
母の明滅……199
麵棒（寺門仁）、泣かないで（吉原幸子）、娘（高良留美子）、母（永瀬清子）
摘み草（財部鳥子）
赤い花……210
台所のゆうれい（山崎るり子）、橋上の商売（耕治人）、漂ふ舟―わが地獄くだり（入沢康夫）

季節のめぐり……221
虹、朝あるいは海（多田智満子）、繭（黒部節子）

あとがき　詩はあなたの隣にいる……231

詩はあなたの隣にいる

装丁　名久井直子
装画　福田利之

一　ことばのかけひき——発見や感動の表現法

魔法のランプ

詩の定義は詩人の数だけある。

『詩の原理』を著した、現代詩の祖《おや》でもある萩原朔太郎の〝詩はことばの音楽である〟を皮切りに、日本を代表する詩人によって多くの定義は書かれてきた。そうたくさんは知らないのだが、中には私の原点のようなことばもある。たとえば〝詩は感情が母胎である〟という山本太郎のことばや、これは定義というよりも、詩の書き方だが、永瀬清子の「普段着のごとく書けよ／流れるごとく書けよ」などだ。なるほどそうかと素通りするのでなく、折に触れて思いだす、私に必要なことばになっている。

中桐雅夫『詩の読みかた詩の作りかた』には、冒頭に「過去の偉大な詩人や批評家のことば」がずらりと並んでいる。ワーズワースやシェリー、C・D・ルイスなどの古典的といってもよい海外の詩人の定義ばかりで、堂々たる概念のオンパレードだ。教師のように上からものを言われているようで若干退屈だが、こちらを目覚めさせてくれるものもある。

なかに本物のひきがえるがいる想像の庭。

（マリアン・ムア）

蝶々やこうもりやミミズではなく、ひきがえるというところがポイント。ひきがえるの原初的でちょっとグロテスクな姿がリアルな喚起力をもっていて、効果的だ。

この詩人のことは詳しく知らないのだけれど、定義が一篇の詩として読めると思う。辻征夫は『ロビンソン、この詩はなに？』というエッセイ集の中で、『詩の読みかた詩の作りかた』に触れている。冒頭のずらりと並んだ詩の定義のうち、辻征夫に「ぴんと響いてきた」のは、私と同じくマリアン・ムアのものと、もうひとつ、ロバート・フロストという詩人のこんなことばだったらしい。

人がそれを忘れたら貧しくなるようなものを思い出すひとつの方法、詩はそう定義してよいだろう。

フロストの詩を知らなかった辻征夫は、興味をもって調べたところ、「……退屈で、……退屈で、……ならねえやと、あくびこそしなかったものの、しんから思った」と書いている。定義のみが、人の心を動かした詩人ということになるのだろうか。

辻征夫は、東京の本所に生まれ、向島で育った。根っからの東京の詩人だが、都会の峨々《がが》たるビルに取り囲まれ、人々が足早に行き交う中、いつまでもボーゼンと青空を見あげているようなところがあった。二〇〇〇年に亡くなったが、それこそしんから詩を愛した人で、中年以降、いい詩をたくさん書いた。

この人に『ヴェルレーヌの余白に』という詩集がある。ヴェルレーヌは、私が中学時代に本屋でめぐりあった懐しい詩人の一人だ。十九世紀に活躍したフランスの詩人であり、多くの人が耳にしたことがあるであろう「秋の日の／ヰオロンの／ためいきの」（上田敏訳）という一節から始まる詩を遺している。

『ヴェルレーヌの余白に』の表題作は、なんと文語体の詩。そのほんのさわりだけを引用する。「きのふひとり／けふひとりともを／うしなひぬ」。

五十一歳の時に出た詩集なので、このことばの実感はまだ先のことだろうと思うが、六十歳で亡くなった彼にとっては、五十一歳は晩年だったのだなあと思う。辻征夫とヴェルレーヌは、富士と月見草ではないけれど、なんとなく似合う。ヴェルレーヌの文語体の訳の雰囲気が好きで、その延長線上（余白）に、自分の詩をつけ足す気持だったのだろうか。

現代詩の歴史は百三十年、文語の定型詩から口語自由詩の流れの中で、今のような口語の詩が一般的になってきたのは、大正期の朔太郎『月に吠える』や高村光太郎『道程』が出版されたころだとおおまかに考えても、百年くらいは経っている。詩において文語体の生命は短かったと言えると思う。

その変遷は、詩が暮らしに近づいていくための、重石をひとつずつ取りのぞいていく必然の流れだった。ただし、愛誦しやすいという〝歌〟の側面を置き忘れてきたようにも思える。そのことは、詩を書かずとも愛好する一般の人たちから、詩が遊離した原因のひとつかもしれない。

詩集『ヴェルレーヌの余白に』には、あとがきに代えて、「あるヴェルレーヌ」という文章が載っている。そこには、たこ八郎（斎藤清作）という元フライ級のチャンピオンで、のちにコメディアンになった人のことが書かれている。

「現役時代カッパの清作といわれたこのチャンピオンは、試合中にいきなり腕をだらりと下げ、足も止めて顔を突き出すということをときたまやった。それで相手がここぞとばかりに打って来るのを、ひょいとかわすかというと、かわさない。わざとパンチをあびているのである。（略）あんなことをしていれば後遺症は確実に残るだろうし、耳もちぎれてどこかへ行ってしまうのである」

そんなたこ八郎が、芸人としてテレビに出演していたとき、突如、次の詩句を朗誦したそうだ、と書いている。

都に雨の降るごとく
わが心にも涙ふる
心の底ににじみ入る
この侘《わび》しさは何ならむ

（「都に雨の降るごとく」P・ヴェルレーヌ、鈴木信太郎訳）

このテレビ出演のあと、一九八五年の夏にたこ八郎は真鶴の海岸で急逝した、とある。

詩はこんなふうに、誰かの心に棲む。時々それを読み返したり、童謡と同じように歌って（朗誦して）みたりする。確かに「人がそれを忘れたら貧しくなるようなものを思い出すひとつの方法」なのだ。

ヴェルレーヌほどではないが、わりあいその詩が日本でも好まれているシュペルヴィエルというフランスの詩人に、詩のもととなるイメージの、こんな定義がある。私はそれも、一篇の詩のようだと思って読んだ。
「影像《イマージュ》は暗闇の中で詩人を照らす魔法のランプである。それはまた、ポエジーの心臓そのものの鼓動するあの神秘的な中心部に近づくときには、照らしだされた表面そのものでもある。しかし、イマージュ以外には何もないのだ。イマージュからイマージュへの移り行き、それこそまた、ポエジーの移り行きにほかならない」(『世界の詩論』大岡信訳)
俳句も、短歌も、ことばがイメージを形づくるというふうに働くことが多い。つまりことばがイメージに奉仕している。短詩型の中でも異端児である詩の世界においては、ことばがイメージを結ぶこと、もたれかかることを嫌う詩人もいる。イメージが書き手と読み手とのひそやかな通路となることは間違いないが、もっとはっきりものを言いたいと考える人も、ことばをイメージや意味から解放して、無意味なことばの火花を散らしたいと思う人もいるのである。それはそれでひとつの行き方だろう。
シュペルヴィエルは、大雑把にいえば、イマージュこそがポエジーだと述べている。「影像《イマージュ》は暗闇の中で詩人を照らす魔法のランプ」というくだりで、そういえば、暗がりの中でランプを見たときに、ハッとあることに気づくという詩があったなと思った。最近出された中で、最良の部類の一冊。暁方ミセイという二十代の女性の『ウイルスちゃん』という詩集がある。その一篇「自明灯火」を少々長いが引用する。

真夜中に出た列車はいまごろ真っ暗い
山の中を、
ごおごお　もう帰還しない兵士のように
途方もなく疾走しているだろう
かつて
わたしもあの青いラインの車両に乗り込み
灰色の折畳み式椅子に座して
暗い夜中をゆく窓を見た
ふいに現れる
皓々とした工事場の灯り
(なにを掘り出しているのだろう、)
それは

凍えた年の瀬の裸電球のように
現れたりするのだが……

そのときわたしは
二度と
この場所に居ることがあるだろうか
と、考えていた
狭い通路には人々のぬくんだ呼気が充満し
点々と灯る小さなランプが
目を閉じると
青く点滅していた

どの、
穏やかな長い凪
温かさや静寂のなかに
あったとしても

先のことが、
空を
染め変えないことなどない
なにひとつ待たない流れが
わたしを老婆にしてしまう。

ただ、
仄かに青白む
冷えた窓にくりぬかれた
わたしは　二十歳でした
いっさんに駆けぬけ
燃えしきる工事場のランプを
見つめた、
わたしは
身体分だけの身体で
あの場所に座し

いずれ掻き消えていく
ひとつの灯りでした
誰にも否定することができない
現実の真摯さを以って
いつか死んでしまうことが
はっきりとわかった
わたしは燃えた事実を携えて
二十歳でした

（「自明灯火」暁方ミセイ）

この詩を読んで宮澤賢治の「銀河鉄道の夜」を連想する人もいるだろう。回想の形式になっているが、〝かつて〟が、ただいまのような臨場感をもっている。夜の車窓で、「工事場の灯り」を見た。それはトンネルの中を列車が通過しているとき見えた灯りなのだろうか。

車内には人々のあたたかい息がこもっていて、「わたし」は狭い通路きわの「折畳み式椅子」に身動きもならず座っている。そんな窮屈な状態で車窓を眺め、ひらめきを得る。流れる時間の列車に乗り込んだからには、自分もやがて老い、死を迎えることが「はっきりとわかった」のだ。「わたし」はランプのひとつであることも。

たいていの者は、自分が二十歳であってもその輝きを意識しない。若さはあたり前の事実であり、むしろ暗いトンネルをくぐるように過ごしてしまいがちである。

しかし作者は、死を背景に、今生命が燃え盛っている意義を識る。「二十歳でした」のくりかえしが、地響きをたてて列車が走る映像に重なってくる。この詩もやはり〝歌〟なのだ。

眠るふるさと

前項で〝詩は感情が母胎である〟という山本太郎のことばを引いてきた。私が思う「感情」とは、喜怒哀楽という区分では測れない。思いが、わけもなく溢れだしたり、ちらっと心が動いたりするそれを簡単に名づけるのは荒々しい行為だ。もし名づけてしまったら、それは固定化されるし、詩とは行きはぐれるだろう。詩の中で「かなしい」や「さびしい」と書くのも慎重な配慮が必要である。いくら「かなしい」とくりかえしても、読み手はかなしくならない。

けれども、感情にはとるに足らないものも多い。たいていは荒く名づけたっていっこうに構わないし、気持のままに消えるにまかせるか、早く切り替えようと努めることもある。

歩道のフェンスの内側、人が通るところを、病みあがりでふらふらしながら自転車を走らせていた時のことだ。向こうから手ぶらで歩いてきた三、四十代の男の人に、

「あぶないじゃないか、バカヤロウ、車道を走れ」と罵声を浴びせられた。

交通ルールを無視したこちらに非があるのは明らかだが、私より丈夫そうなその男性によろけてぶつかったとしても、倒れるのは自転車に乗っている私のほうだろう。それくらいのろい運転のママチャリだった。

ぼんやりした意識の寝込みを襲われ、「スミマセン」と小さな声でいい、サドルから降りた私に向かって、男性はまだ怒りが収まらない様子で、すれ違っても後ろから甲高い声がしていた。

この場合、中年の男性の怒りは詩になる性質のものではないし、私のほうも気持がへこみ、詩のきっかけからは程遠い。

ただ、二人の間で火花が散った瞬間には、詩になる可能性が秘められている。詩は、感情が母胎であるといっても、自分ひとりの抱えているそれというより、モノやコトに遭遇した時の、モノやコトとの摩擦が詩の芽になると思われる。

記憶するということの母胎も、感情だと思う。私は記憶力が弱い。特に小さいころのことはおぼろげで、断片的にしか覚えていない。感情が未発達だったのではないかと疑う。

先日、喜寿を迎える詩人の工藤直子さんに久しぶりにお会いする機会を得た。その時工藤さんは、自分は五歳から十歳までのことが記憶容量の六〇%を占めている、と言っていた。握りしめている過去の、色濃さや深さが言わしめることばなのか。

感情が未発達ということに加えて、私はモノやコトにぶつかるのを回避したり（要するに逃げ腰）、忘れたいコトが多いので忘れてしまったりしてきたのかもしれない。

工藤さんは、一歳と数カ月で母を亡くされた。それからさまざまな親戚の家に泊まったり、老いてゆく父と暮らしたりしたという。小さな子が父と二人で暮らすのは大変、と感慨深げに言われた。

「でもね、その明日をも知れぬ毎日が気に入ってた」

小学校の教室で、机にほお杖つきながら、今日はどうなるのかなあ、などと思っていたそうだ。

私は工藤さんにお会いすると、なんだか悩み事を相談したくなってしまう。目の前にどさりと重い荷物を投げだして、預けてしまいたい衝動に駆られる。それは、工藤さんのこの安定した肯定感に誘われているのではないかと思う。

工藤さんに対しては、平凡な比喩だが、お日様みたいにあたたかい人だという印象をもっていたが、老いるほどに研ぎ澄まされていっている。ふしぎだ。めったにそんな形はない。昔、「杳《よう》として行方が知れない」の、その「杳として」に憧れていると聞いたことがある。誰でも自分がそうなりたいように、なっていくのだろうか。

「こころが　くだける」というのは
たとえばなしだと思っていた　ゆうべまで
今朝　こころはくだけていた　ほんとうに

ひとつひとつ　かけらをひろう
涙がでるのは
かけらに日が射して　まぶしいから

くだけても　これはわたしの　こころ
ていねいに　ひろう

（「こころ」工藤直子）

文学者の生い立ちを考えた時に、その奇矯な人生から、真っ先に室生犀星を思いだす。明治二十二年、石川県金沢市の生まれ。父は小畠弥左衛門吉種という加賀藩の足軽組頭で、母はその家の女中だった。不義の子として生後すぐに、お金をつけて貰い子にだされる。当時は貰い子制度というものがあったらしい。

その貰われていった先で、赤井ハツという女性の私生児として届けられた。ハツは他にも子を貰っていて、犀星は血のつながらない兄、姉、妹などとともに、気性の荒いハツに折檻されながら育った。

彼は学業の成績がわるく、暴れん坊で、十二歳までしか学歴はない。以降裁判所の給仕となって働く。

女中っ子であり、容貌も決して整っているとは言えず、成績優秀でもないという二重、三重のコンプレックスを抱えた彼を救ったのは、金沢という土地柄だった。手すさびに俳句でもひねるかという文化の風土があって、先輩たちの指導を受け、のちに文学史に名を残すような物書きとして大成していったのである。

こんなに自叙伝をたくさん残した作家もいない。七十二歳で亡くなるまで、三十代、四十代、五十代と、くりかえし自分の過去を辿っている。彼もまた、記憶容量のほとんどが幼年時代のことがらで占められ、そこに尽きせぬ泉があり、同時に矛盾するようだが、どうしても癒えない渇きもあったのだと思う。中心には常に敵役《かたきやく》として赤井ハツがいた。

犀星のもっとも有名な詩は、「小景異情　その二」だろう。

ふるさとは遠きにありて思ふもの
そして悲しくうたふもの
よしや
うらぶれて異土《いど》の乞食《かたい》となるとても
帰るところにあるまじや
ひとり都のゆふぐれに
ふるさとおもひ涙ぐむ
そのこころもて
遠きみやこにかへらばや
遠きみやこにかへらばや

「小景異情」は大正二年、犀星が二十四歳の時に雑誌に発表された。上京と帰京をくりかえしていた青春期をしのばせる作だ。
しかし、この詩の解釈は、意外にむずかしい。一読すると、望郷の詩と読めるが、単にそうなのか。また、果たしてこの詩の主体は、東京にいるのか、故郷の金沢にいるのか。詩の頭からみていくと、東京にいると捉えるほうが自然だろう。だがそうすると、「そのこころもて／遠きみやこにかへらばや／遠きみやこにかへらばや」の解釈がむずかしくなってくる。結びのリフレインには、移動の気配があるからだ。それを無視し、結びの「遠きみやこにかへらばや」というのは、東京にいながらにして心は金沢にあった主人公が、いま自分の立っているこの遠く冷たく、喧騒に満ちた東京に向き合わなければ、というふうなことなのだろうか。ややこじつけめいた解釈に感じられるが。

室生犀星研究の第一人者である伊藤信吉は、昭和三十七年に出た『鑑賞現代詩Ⅱ大正』（筑摩書房）の中で、こう述べている。

「この作品のほんとうの意味は望郷の哀傷ではない。もちろん望郷のおもいも一筋にながれているが、作者は『遠きみやこ』（この場合は東京）へゆき、そのくるしい生活に身を投じようと決意しており、（略）したがってこの詩については構成に注意すべきで、作者はこれを故郷で作ったのである。（略）作者には故郷を去らなければならないなにかの理由があり、それゆえふたたび東京の生活へ身を投げ入れたとき、『ひとり都のゆふぐれに　ふるさとおもひ涙ぐむ』であろう自分をおもった。その詠嘆の切実さがこの詩の魅力である」

この詩が「望郷の哀傷」でなく、ふるさとを追われた者の、ふるさとへの愛と鬱屈した思いとの両方の気持が渦巻いていると解くこの解釈のほうが、詩に厚みがでる。

また、東京で書いたのではなく、ふるさとで書いたとすれば、結びの二行の「遠きみやこ」へ汽車に乗って帰っていく姿がスムーズに受けとれる。

伊藤信吉以外の詩人たちの解釈を読んだり聞いたりしても、断然こちらの説（故郷で書いたという説）のほうが多く、この詩の解釈としては定番だろうと思っていた。

だがごく最近、犀星の初期の本、大正七年に出た『新らしい詩とその作り方』を読む機会があった。そこでなんと、犀星自身がこう説明しているのである。

「この作は、私が都にゐて、ときをり窓のところに佇《た》つて街の騒音をききながら、『美しい懐かしい故郷』を考へてうたつた詩である。

だれでも都会に住む人々らは時をり私のやうに悲しげな目付をして故郷の温かい山河を想起して、そこにかつて営んだ平和な生活を胸に浮ばせるであらう（略）しかし自分は帰りたくない（略）かへつては最《も》つと寂しく悲しいことが多いだらう。自分はやはりこの都会にゐたい」という大意だと述べている。

すると、伊藤信吉の解釈は、間違いなのか。そうは思えない。私にはやはり、主体は故郷にいるという説のほうが、しっくりくる。

詩は、書き手からも自立したものであり、自作解説というのは一面の根拠しか含んでいないのかもしれない、と思わされる発見だった。

それにしても、犀星の本当の「ふるさと」とはどこなのだろうか。金沢の野山や川に育まれたこの人は、たしかにその地を愛しただろう。二十一歳の時に上京し、望郷の念にかられ、帰郷して犀川に入り都会の汚れを一気に落としたというようなことも、エッセイで綴っている。しかし金沢の地では、家族的なだんらんを求められなかった。つまり広い愛をもって自分を包み込んでくれる対象としての「ふるさと」のイメージはなかったと思う。引用した文章で「かつて営んだ平和な生活」などと一般化して言っているが、帰れば嫌な悲しい出来事が待ち受けているそこに、「ふるさと」を感じていたのかどうか。窓の外を歩く人々の多くがもっていたであろう意味での「ふるさと」は、犀星にとって、どんな場所であったのだろうか。

カマキリとウマオイの庭

詩を書くことや詩のことばとは直接関係はないが、送られた手紙にまるで詩のようなものを感じるときがある。

「それでもなお子どもは希望です。子どもと子どもを育てる若い人たちがいてくれるからぼくは生きていられる。生きている意味を自分の中に探し得る、という気がします」

最近送られてきた、子ども文化の研究者であるSさんからの手紙である。

私はSさんに葉書を出していた。二〇一一年の三月十一日からふた月ほどして生まれてきた孫のことが頭にあり、東日本のさまざまな被災（東京にいても安全とは言いがたい）や、この国の基盤の脆さ、あやうさを嘆く気持があって〝うかがいたいことは山ほどある。どう生きていったらよいのでしょう〟と書き送った。その返事である。

パンドラの箱のいちばん最後に現れた希望。夢や愛や希望ということばは、大安売りの感があり、詩の中でつかわれると詩世界が通俗に失墜してしまいかねない要注意単語だが、ことばを失うほどの圧倒的なゲンジツの襲撃があった場合、ありきたりなその語のイメージが削ぎ落とされ、語本来の意味が立ちあがってくる。

〝絆〟という語が二〇一一年の流行語大賞のトップテンに入ったが、やや大仰なそのことばも、起きてしまった大惨事を思えば切実な響きを持つだろう。ただし、私には先の大戦での一億総火の玉や、総玉砕といった、日本人が一丸となって事にあたることへの必要以上の危惧がある。絆も、夢や愛や希望とはまた違った意味の要注意単語といえるかもしれない。

Sさんの言う希望は、私のように身近に赤ん坊がいなくても実感を伴っていて、その生命の火をそっくり両手に受けとめている人の、ぽつりと呟かれたことばのように感じられた。

「子どもと子どもを育てる若い人たちがいてくれるからぼくは生きていられる」を、もう一度「生きている意味を自分の中に探し得る、という気がします」と言い換えているところにも、暗闇に灯を探す人の手つきを感じるのだが、それにしても血族や肉親という観念に縛られずに、どのような子ども、子を育てるどのような若い人でも、といった対他への開かれ方が、誰にでも備わっているわけではないと思うのだ。

「今年はいろんなことがありすぎました。何ひとつ決着がついていません。どうすればいいのやら、ぼくにはさっぱりわかりません。真剣に生きている人たちのせめて足を引っぱらないようにしたいと思います」

傍観者に都合のよいことばにもなり得るが、積極的で能動的な姿勢を常としてきたSさんが言うので、ああ、このような行き方もあるとうなずいた。

そして、手紙はこう続く。

「庭の木蓮の葉がバサバサ音をたてて散るので、少しばかりそうじしました。そうしたらカマキリと緑色のウマオイの大きいような虫が、瀕死の状態で地面に横たわっていました。でも手足をまだ動かします。

雨のかからないところへ持っていって、そこで休んでもらうことにしました。そんなふうに小さないのちが二つ消えていきます。ディキンソンだったらどうしたろうかなんてふと思いました」

十九世紀のアメリカの詩人であるエミリ・ディキンソンは、五十五歳で亡くなるまで、詩人としては無名の存在だった。今は一八〇〇篇近くの全詩集が刊行され、愛好者は世界中にいる。生涯独身で通し、三十代の途中から屋敷や庭に閉じこもって暮らした人である。

落葉には放射線の数値が高いとして、掻き集めてから処分しなければならない今の私たちの立場にたったら、この詩人は何をどのように書いたか、Sさんはここで私の問いかけに、暗に答えてくれているように思う。

ディキンソンに、無名であることに意味を見出している詩がある。確か雨期の蛙みたいに沼地で自分の名を連呼するなんてまっぴらというような内容だった。

ひそやかな者であること、けれど注意深く目を見開いていること。多分、ことばはちょっとしたことでもすぐ喉奥に引っこむ臆病な性質《タチ》なので、そうした姿勢が必要なのだ。書くことにおいて有名であることは負荷がかかる。世間に認められつつ、書き続けるのは矛盾を生きることだ。自分が純粋で純情だと蛙のように言いふらすなんて、ほんとうに恥ずかしい。

ディキンソンだからこそ、あるいは同じく生前ほとんど無名だった金子みすゞや宮澤賢治だからこそ、そのことばが堕落の翳りを帯びずにうまれ、読む人に滲み入っていき、愛されるのではないか。作品はその創り手から離れて自立しているが、一読者としては繋げて享受してしまう側面が確かにある。

エミリ・ディキンソンの詩はそう易しいものばかりではないが、知的操作の際だつ実験的で難解な詩ではない。一読して了解できるような詩を一篇、挙げてみたい。

ひとつの心がこわれるのを止められるなら
わたしが生きることは無駄ではない
ひとつのいのちのうずきを軽くできるなら
ひとつの痛みを鎮《しず》められるなら

弱っている一羽の駒鳥《ロビン》を
もういちど巣に戻してやれるなら
わたしが生きることは無駄ではない

（川名澄訳）

タイトルもなく、手書きで綴られたディキンソンのことばは、たとえるなら宛名のない手紙のようなものかもしれない。

第一連で、どうしたら「わたしが生きることは無駄ではない」のか、散文的な三つの答えが書かれている。誰かと言い争った日に、この詩を読むととてもきつい。私はなぜあんなことばを吐き、投げつけたのだろう、なぜ心を壊そうとするのだろう。感受性の強いひとつの心をやっつけること、いのちを刺すことばを思わず口走ることのたやすさ。そして、その逆の行為のむずかしさを思う。ほんとうに、心が壊れるのを止められたり、うずきを軽くしたり、痛みを鎮められたりできるのは、第三者の何気ないことばだったり行為だったり、あるいはただの風景だったりするのではないだろうか。対峙する二人には不可能に近い。せいぜいその場からぐいっと心を引き抜き、立ち去るぐらいが関の山だ。

比べれば第二連の、落下した駒鳥（の雛？）を巣に戻すことの方がたやすい。そしてその行為は自分への慰藉である。ただし、ディキンソンの書きぶりは、第二連の具体的な行為に向かって的が絞られていくようであり、その映像ばかり残ってしまう。

この詩から連想するのは、おかしな考えかもしれないが、みかんの皮のことだ。みかんの表の皮をはぐ。すると幾つもの房がくっついて丸くなっている。ひとつの房を取り、薄皮をひきむいて中身をむきだしにする（おししの形にする）。小さな粒が寄り集まっている。人の肌より黄色いその粒の薄皮にみかんのしるが包まれている。三重の皮に包まれ、みかんはやっと甘さが熟す。

第一連の三つの物言いは、みかんの入れ子型の皮のようだと思うのだ。そして二連めの駒鳥を巣に戻してやる行為は、ほんの小さなひと粒の実のしるではないだろうか。

Ｓさんのカマキリとウマオイの死の、その向こうに、人類の愚かさゆえの環境汚染がある。消えていく小さないのちとは私たち自身のことでもある。Ｓさんのいとおしむ感覚は貴いが、人類の暴挙を前にほとんど無効、無抵抗とも言える。せめて雨に濡れない場所に運ぶことくらいしかできないで、茫々と日はたってゆくが、そんなささやかな気持しか、寄りどころはないのだ。
もう一篇、今度は日本の庭の詩を紹介しよう。

樹が指し示すと
花がなりわたる
小さな実を落とすふりで
青葉をゆらし
時をゆすっている
深緑の葉の重なりの平群れに
種子がはじけるとき
種子は菫色にかがやくのだった
すみれいろからうすももいろにうつり

樹が指し示す
庭ぜきしょうへめぐり
ねじり花の階段をのぼっていくと
その先のもう一段に
足をかけたくなる
うすももいろが
すみれいろにふりかかり
こいももいろにふりかかり
想い出の模様のようであった
ここでは
はく息までが想い出である
樹が指し示すと
想い出がなりわたる
呼ぶ声のように
なりわたる

（「樹時計」鈴木東海子）

我が家でも、どこぞの庭園の一角でもいい、樹の花が揺れ、種子がはじけ、野の花が揺れている。「樹時計」というからには、樹の枝々が時計の針の役目を担っているのだろう。そして枝の針は、野草の花を指し示しているのだろう。

「菫色にかがやく」種子をもつのは何の樹だろうか。また、種子が「すみれいろからうすももいろに」移ることがあるだろうかと思うが、この詩は写実ではない。「庭ぜきしょう」や、「ねじり花」が出てくるので惑わされるが、写実として風景を説明しようとすると、するりと逃げてしまう。ただ、詩から触発されたおのれのイメージに身を委ねるしかないのだ。この詩ではっきりしているのは、(五月の)庭の可憐さや美しさは、かつての時との往還——つまり記憶の戯れにあると言っていることか。

けれどもそれは(たてまえとしての)テーマだろう。味わいどころは、たとえば「うすももいろが／すみれいろにふりかかり……」という色彩のみの描写や、ねじり花のくだりだ。ねじり花は私も好きな花だけれど、とてもうまく詩に咲いている。ご存知ない方のために説明すると、この野草は背が低く、まっすぐな一茎にほんとうに小さなピンク色の花が螺旋状についている。螺旋だからこそ階段に見たてたのである。

しかしその花の階段をのぼるのはどんな小さな足だろうか。足ではなく（勿論そうだ）、目でのぼっていくのである。あるいは（作者が言うように）、息のようなもので。

ことばのつぼみ

時々、隣の垣根を覗くようにして、短歌の動静をうかがうことがある。「短歌」二〇一二年七月号は、「小さな発見を歌う」という特集だった。花山多佳子が斎藤茂吉や佐藤佐太郎、大西民子らの歌をとりあげて、こんなことを述べていた。「日常こそは人間の無意識の宝庫であり、説明しがたい厚みと深淵を有する磁場であろう。先立つ意味から離れて存在そのものを発見する磁場でもある」

短歌は日常と擦り合わせるようにして生まれてきて、そのことの窮屈に耐えてきた詩形であると思うが、なお日常をこんなふうに深々と捉えることに驚く。

前衛短歌というのもあるが、総じて詩のほうがことばや景色を操作し、善きにつけ悪しきにつけ、何かモノを言うことを念頭に置いて書かれていると思う（自己表出の度合いは短歌のほうが勝っているにしろ）。そして詩は、自在に言えてしまう器でもある。また、それぞれの書き手が自分なりの語り口や形式を獲得しなければならないため、自分と創作物の間に隙がある。その隙を埋めるために、もっとことばを費やさなければならないような強迫観念にかられる。どこまで言うか、どこで打ち切れば詩が生きるか、書き手は常に頭を悩ませる。短歌の瞬間把握のあり方をうらやましく感じることさえある。私は自分と同世代の歌人の阿木津英、王紅花、ちょっと若い栗木京子の歌の愛読者だが、花山多佳了の歌も好きだ。歌集『木香薔薇』より二首挙げる。

湿りたるバスタオル廊下に落ちてゐて息子は夜のどこにも居らず

思ひ出はそこにあるかと思ふまで白飯そめる紅生姜のいろ

ところで、「日常」ということばは、日々のくりかえしといった決まりきった固定的な状態をあらわしている。生活は変化が多いが、「日常」は生活の定型を意味している。定型であったならば摑みやすいかといえば、そうではない。ある詩人は、首のない日常と表現した。日常性から固有のものは失われた、と述べたが日常というものは、もともとそうしたものではないだろうか。

この動じがたい日常の、じつにささやかな現象の中で、感覚がとらえたことばのきらめきをスクラップした詩人の詩をあげたい。

清潔な部屋で
凜乎《りんこ》と澄んだ果汁が
昨夜の寝返りを
忘れさせてくれる
焼きたてのパンが
雨の予兆のような
甘い芳香を発し
ベーコンの大皿には
稲妻のように
ナイフがそえられている

男はひとりで
静かに食事をすませ
新聞を読んで

少し泣いてから
太い握りが気に入っている
傘を引き抜いて
外出する
紫陽花色に染まった心で
口笛を吹いて

この世に生をうけて以来
しかし
男には
このような朝が
訪れたことは
ただの一度も　ついに
なかったのである。

（「朝の幸福」清水哲男）

理想的な、朝の情景。「凛乎」ということばは、果汁を形容しているのだが、部屋の空気感をあらわしてもいる。このような朝の訪れが、「ただの一度も　ついに／なかったのである。」という何重もの強い打消しと断定は、語り手の思いを強調しているばかりではない。理想的な朝を、より引き立たせる反語的な役目もしている。しかし、描かれた朝が果たしてそんなに素晴らしいものかというと、それほどでもないとしか思えない。むしろ独身者の平凡な生活風景であり、心中ではないだろうか。

「新聞を読んで／少し泣いてから」というところがちょっと気になるが、「なぜ泣くの？」と顔を覗き込むほどのことではないのだろう。すぐさま「太い握りが気に入っている／傘を引き抜いて」（このくだりはスクラップした中で随一）、口笛を吹きながら出かけるのだから。

「理想や欲望を追って頑張ってみる。なるほど人間の生はそうしたエネルギーの方向性として意義があるのかもしれない。家族や社会のために働くことは、もちろん意義のあることに違いないし、実際、人の一生は、こうした努力の成果によって評価される」「だが風は吹き、子供たちは笑い、空が晴れている（略）人はこうしたことにどのような人生の努力や企画を託すことができるだろう」と、かつて松下千里は書いた。続けて、「空や、花や、一枚の絵が美しいと感じること、どんなささいなことでもそれが美しいと感じるのは、瞬間の孤独においてだと思う。そして瞬間の孤独感は、結局どのような人生の企画をもうつろなものにしてしまう」とも。

私とほぼ同世代の松下千里は、若くして亡くなった詩人・評論家だが、彼女の書いた清水哲男論「楕球の中点」は、柔らかな感性をねじろとした鋭い視点を感じさせる、魅力的な文章だ。彼女は清水哲男の詩をまな板に乗せながら、日常を描いた詩の核心を衝いている。「生活は退屈だし、生活は軽薄だ。だがその生活を気どりなく引き受けた時、生活とその生命の無意味さは少しだけ美しく光る。清水哲男がその詩で信じようとしていることは、たぶんこのことだと思うのだ」。

静かで理想的な朝を迎えることができなかった者というのは、そうした朝の時間が得られなかっただけではないだろう。それに心から満たされなかったということを意味するのではないか。ジュースに焼きたてのパン、フライパンであぶったベーコンを、朝の儀式のように食し、新聞を読み、傘を持って出かける——少しでも心に翳りがあれば、どのような朝の時間を過ごそうと、口笛など吹けない。多くの問題が山積みで、それを分刻みに対処していかなければならず、この一瞬が次の一瞬に飲み込まれていかざるをえない日常を、私たちは罰のように引き受けている、とも言える。

次も、ある生活の場面から始まる詩である。

たいてい毎日　私は
朝も昼も夕暮れの匂いの漂う
ひんやりと暗い八百屋へ出かける
冬瓜と鯨肉の角煮と干しエビなど
そんなものを買いたくて

色白の店主は濃紺の前だれに
店先にいた光の飛沫を少し残し
うつくしい喉仏の縁をゆらして
私の札の一枚二枚を
それが新聞紙でも良いように
確かめもせず受け取って笑う

おつり「ひぃふぅ…み」
銅色の硬貨を私はサイフに納める

白光するような輝きに満ちた外には
真紅の花ひとつふたつ
それと痩せた野菜の畑
私はその間を
一滴の闇の雫のように歩いて帰る

詩の前半である。

「冬瓜と鯨肉の角煮と干しエビ」という選択の仕方や、「色白の店主」が「うつくしい喉仏の縁をゆらして」笑う様子。「おつり」の古風な数え方や、十円玉を「銅色の硬貨」と言い換えているところなど、随所に作者の好みの詩世界を現出させようとする手つきを感じる。そろそろと、この世界を壊さないように歩いてきた作者は、前半の山場である、「一滴の闇の雫のように」歩いて帰ってくるといった静けさに辿り着く。

続けてその後半。

いつも明るすぎるまひるだった

私は自分の帰る家にも
あの八百屋と同じ匂いが
漂っていてほしいと願う

「私の国、私の国」
つぶやきながら
しばらく坂道を歩いて振り向くと
白い大地に
まるで小さな黒い水たまりのように
あの八百屋が見える

どこかをツッとかすめる痛み
よろこびなのか
かなしみなのか

胸が高鳴って　私は目を閉じる
それから　もっと遠くを見る

すると　彼方には暗くかすむ海が
一日の果て　静かに佇む夜のように
縹渺と見えてくる

（「八百屋」中神英子）

「八百屋」というタイトルで、このような、抒情的でミスティックな詩も書けるのだと、はじめて読んだ時に感動した。「縹渺」という一語が、日本語特有の曖昧な語なのに、確かなイメージをうんでいることにも。辞書にはこうある。「一面に広がっていて、一体それが、何に基づくのか（どこまで続くのか）はっきりとは分からない様子」

作者は岐阜の人である。海に接していない数少ない県に住んでいることも、結びの幻想のような海の書き方に関わっているのかもしれない。

また、「私」のつぶやく「私の国、私の国」ということばにも注目したい。「私の国」とは一体何だろうか。作者にとってそれは、この詩世界そのものではないのか。それ以外にはありえず、自分が生きられる場所をさぐるように、ゲンジツを詩の壁紙に張り替えているのだろう。

大きな不幸に見舞われることなく、何事もなく流れていく時間。「朝の幸福」も「八百屋」も平和な日々に心に触れてくるささいな事象を丹念に拾っている。

平和な時代というのは物語がうまれにくいと言ったのは、たしかヴェンダースの映画『ベルリン　天使の詩《うた》』に登場する老詩人だったのではないだろうか。いまだベルリンに壁があったころの映画で、画面に厭世気分が漂っていたが、記憶につよく残っているのは、地上に堕《お》ちて人間になった天使（中年男性）が、ヒトの持つ重みがうれしくてずんずん歩いていくシーンだ。冷たい外気に触れる、かじかんだ手をこすり合わせる、スタンドのコーヒーをする、それらなにげないことに舞いあがるような喜悦の表情を浮かべていた。

彼の一日のような極彩色の日を、と望むのは難しいだろう。しかし、平和な時代であるからこそ、抒情詩はうまれる。戦争はたとえ終わったとしても以後百年間、人の感受性を荒廃させるのである。

＊

牟礼慶子には、くりかえしの日常をどう捉えるのか、示唆に富む詩が多い。彼女の詩は、日常の小さな発見の詩ではない。発見するという姿勢よりも、考える方に傾いている。そこでは日常は前提である。そして、これは私だけの思い込みかもしれないが、詩ならではの特色を生かした詩作品だと思う。もし歌でそれをやったなら、理が勝っているだけで面白みに欠けるだろう。自分の生き方をあずけるようにして書いたそれらは、不安をなだめる力を持っている。たとえば、彼女の代表作とは言いがたいが、わかりやすく生を絵解きしている「木の生き方」という詩がある。

居間の窓からは見えない
小暗い庭のすみに
ヤマボウシの木が一本立っている
木の命に生れてきた由来も
その場所を選びとったわけも
いっさい覚えがないというように

呼びもせず答えもせずに立っている

これが一連めだ。そして「ヤマボウシ」の季節ごとの姿を写しとっていく。初夏に花を咲かせて空と結ばれ、花が終わると小鳥を旅立たせて、紅い実をこぼす。葉を散り尽くして冬を迎えるといったしごくまっとうな〝木のあり方〟を淡々と描き、そういう形で「はるかな未来を指さしている」と言うのである。ひるがえって人の生き方を考え、こう結んでいる。

わたしが描くのは
静かにそよぐ今日に似た明日
見えなくなるまで続いている明るい道

「今日に似た明日」など誰が求めるだろう。「明日こそ」と思うのが普通ではないか。つねに満たされている人なのだろうか。

昭和四年生まれの作者は、戦争によって青春が奪われた世代のひとりである。両親の離婚や、結婚して夫の両親と四人で大阪に暮らしていたこと、上京して夫の親を看取り、子どもはなく、夫にも先立たれたこと。詩人としても、その創作物の質の高さからいえば、評価が不遇といえるかもしれない。

この詩は、そうした諸々の私的な事情を超えて書かれている。「今日に似た明日」を永遠に迎え入れることによって「はるかな未来を指さしている」木に近づく、という意が仄《ほの》見える。人の暮らしとは、少しずつ、あるいは急に生活が変わり、喜びはあるにせよ、老いや死の訪れを否応なく知らされる。夢や野心や、あきらめやニヒリズムにまぶされず、受動的であることが同時に能動的である木と同じように過ごしていく、という生き方は、とてもむずかしい。

牟礼慶子の詩は、こう感想を書いていくと修身の教科書ふうになってしまって、ヤバい。私の力量の限界を感じるが、本当は「見えなくなるまで続いている明るい道」が「暗い道」でも充分オーケーである、というものなのだと思う。「できるなら／日々のくらさを　土の中のくらさに／似せてはいけないでしょうか」(「見えない季節」)とも書いた詩人なのだから。「土の中のくらさ」とは、虫や球根たちを育む暗さであること——こうした主題を牟礼慶子は、未来への贈り物とした。

代表詩「ことばの冠」は、冬の桜を見つめている詩で、「見えない季節」の変奏曲でもある。

冬の桜が、冬芽を掲げて空に向かっている「荘厳さ」を一連めで述べる。「荘厳」と捉えているのは、「木の生き方」でもわかるように、木に対する特別な感情があるから。太い幹は特異な内部空間を持つ。冬の桜の冬芽に注目した作者は、二連めで、咲き誇る前の花の芽に、自分のいまだ言いあらわせない（顕在化されていない）詩のことばを重ねている。後半を引用する。

だからあれは
開花の前にすでにして華麗だと
万朶《ばんだ》のことばの内側にあって
花よりも確かに生きている
沈黙の季節だと

まだ存在しないものを見ようとする見方で
黙っている声を聞こうとする聞き方で
私の魂を
どこまでも駆りたててやまないもの

ことばとは
まさしくかくのごときもの
冬の桜よ

目に見えないものを見、聞こえない声を聞こうとすることを、詩を書く者の最上のいっときと捉えている。そして、書こうとしてくすぶっている、まだ掴みきれないいま目や耳や体全体を固いつぼみのようにしている状態を称《たた》えているのだ。

求めて生きることを、諦めないこと、なのだ。牟礼慶子の詩は、いたずらに感性を蕩尽せず、理念に奉仕している。その理念は、生涯をかけて勝ちとったものである。

彼女の初期の散文に、自分の死後を見透かす作品がある。牟礼さんが亡くなったあと読むと、何ともいえない気持になる。長い散文詩の最後の部分のみを紹介したい。

(この作品では、「私」と「彼女」は、イコールの関係である)

あらゆるものが亡んでしまったなどと誰も思ってはならない。彼女の死が今こそありありと見えて来たのだ。ただほんの少し出発点がずれたというだけだ。いろいろなものがまた以前のように彼女をとりまくまでにはまだ大分ひまがかかる。

けれどももう何かが始まっているのだ。気持のいい花壇ではダリヤや向日葵が大そう立派な花を咲かせている。まるで枯草と花壇のような交代がちょうどいま彼女の内部ではじまっているのだ。その終りのない始まりが——

＊

私はひどく反り身になって何かが通りすぎるままに任せている。私の頭の上に黒ぐろと蔽いかぶさる大地。その重たい頭の上でみごとに花ひらきはじめる生。

（「新しい庭」）

若いころに書いたと思われるこの一文は、おのれの死後を直感によってえぐっている。アニミズムや輪廻転生といったことばでは届かない物柔らかな文章で、おそろしいことは何も書かれていないのに、その「死者の書」に慄然としてしまう。

特に「ひどく反り身になって何かが通りすぎるままに任せている」というところ。「反り身」にはどんな思いが託されているのだろうか。土の中にいる「私」の上で花が開く。木の精や草の精とも似た人の精が、ひとめぐりし始める。「いろいろなものがまた以前のように彼女をとりまくまでにはまだ大分ひまがかかる」とあるが、生きていたころの時間とは大幅に異なるにしろ、死後の生が形作られていくらしい。

くりかえしの日々を順々と迎え入れたように、死後もまた徹底的に身をゆだねる姿勢が貫かれている。生も死も、つまるところひと色だ、と言っているようである。日常性とは死んでもなお続くものなのだ。

かわひらこの行方

私事で恐縮だが、娘に男の子がうまれた。私にとっては初孫、私の母にとっては初ひ孫である。三世帯の住まいは別だが、同じ敷地内に同居している。

孫と猫の詩を書くようになったらおしまいだという言説もあるが、猫はともかく、新品の生命に触れて心が動かぬはずがない。金子光晴の『若葉のうた』のような例もあるではないか。とはいえ、詩など書けずにその一挙手一投足に見とれている。

先日、彼が玄関のコンクリートの地べたに座って、靴箱を開け閉めして遊んでいた。中の靴を放りだしている。そのうち、靴箱の奥の、自分の白い革靴を見つけたようだ。それを摑んで、私のほうに振り向いて突きだす。はかせろというわけだ。ことばは「まんま」の一語くらいしか喋れない。

しかし、ハイハイからよちよち歩きまで成長している。白い靴は最初に買ったものので、もうはけない。今はもっぱらやや大きめの紺の運動靴をはいているのだが、孫は白いのが気に入っているらしい。言いだしたらきかないので、私は彼の要求通り白い靴に足をこじ入れるが、かかとが入らない。「ほら、こっちの靴のがいいよ」と紺の靴をはかせようとするが、足をバタバタさせて拒む。

その様子を、廊下に立って見ていた高齢の母は、「こんな子どもでも小さな過去ができるのね」とつぶやいた。

小さな過去という言い方が面白い。なるほど彼の上にも時は流れたのだ。夥しい過去を背負っている母の、ふと洩らした感慨――。

ことばとは不思議なものだ。同じことを言うにしても、人に通じやすく、ありきたりな言い方にしてしまうと途端につまらなくなる。子どもは慣用句や慣習的な物言いを知らないから、自分の感じたことを僅かな語彙をさぐってぴたりと言いあて、大人を感心させたりする。じきに孫もそうなるだろう。それは詩人のしていることと一緒だ。私たちはむかしは皆詩人だった。なのに、たくさんの語、正確で一般的な言い回しや、ことばの筋の通し方（ロジック）などを教えられ、瞬間のことばに身をまかす術を忘れてしまったのかもしれない。

詩の書き手は、模倣という広い入口をくぐり、独創という狭い出口をめざす。これはあらゆる芸術的な行為や仕事にもいえることだろう。

ある詩人は、日本語についてこんなことを述べている。

「あらゆるモノやコトのなかで、たぶん最大の伝統はことばだ。（略）伝統を意識的に受け継ぐ作業、つまり詩を作る仕事のなかで、ときには伝統をかき乱したり、傷つけたりすることも起こりうる。ことばと格闘すれば、どちらかが傷つかねばならない理屈である。わたくしは詩づくりの仕事をしていて、とくに詩語という考えを持ったことはなく、それでもあまり品のよくない単語や表現は使いたくないが、こちらにしては思いきったことばやことばづかいを用いて、伝統め、少しはこたえたか、と息まいたりする。近親憎悪というのはやや大げさだが、日本語に、そんなような感じを抱くことはしょっちゅうである」（『すてきな人生』北村太郎）

文中に、「詩語」ということばが出てくるが、詩にふさわしいとかふさわしくないという語があるわけではない。基本的に書き手にとってはどの語も等距離である。

シニフィアンやロゴス、形象、変容、遡行といった語をつかう人もいれば、死ね、やだやだ、ごめん、超かわいーと書く人もいる。ひとつの詩を構築する上で、操作する立場にたてば、ことばの火花や千変万化を助長させたり引き締めたりに気を遣うのであって、どんなことばでもよくて、一般的な線引きなど無効だ。とはいっても語に対する好悪の感情は微妙についてまわる。要するに詩語とは、個々の詩人にとっての採択の基準値をあらわすものだと思う。

　さきほど語彙の少ない子どもが、時に自分の感覚をぴたりとあらわすと書いたが、語彙のゆたかな大人の場合はどうだろう。そのことが真実を遠ざけてしまわないだろうか。ゆたかな語彙は詭弁のもとだろうか。そういう面も大いにあると思う。しかし、詩の書き手において、持ち合わせることばの数が多いことは有利ではある。

　ルビが振られていなければ読めないような語、今や辞書でしかお目にかからないようなことば、古語や雅語などを好む書き手もいて、それによって日常とは多少違った詩世界ができあがるのも確かだ。前の項でその詩を取りあげた牟礼慶子は、かわひらこ（蝶）ということばが平安時代よりもっと前に日本語から消えてしまったことを嘆いている。「かわ虫（毛虫）から変身してひらひら野山にあそんだかわひらこを、もう口にする者はいなくなりました。蝶のおぼつかない羽の動きを、ぴったり言い当てたことばでありましたものを」と。

　失われていくことばを惜しむ気持が私にもある。カタカナばかりが増えていく今の生活の中で、非合理的で、機能的ではないかもしれないけれど、ちょっと耳慣れない昔ながらのことばをつかう、それもまたひとつの姿勢だと思う。「いる」を「ゐる」、「ような」を「やうな」、「抱き合う」を「抱き合ふ」と表記していた那珂太郎や吉原幸子をはじめ、何人かの詩人たちのことも考えてしまう。

竜宮から
土産に玉手箱をもらって帰る

「けっして　あけては　なりませぬ。」

日にやけた畳の部屋へもどると
手箱は箪笥の上へあげたまま
卓袱台《ちゃぶだい》で茶を淹《い》れて　一人すする
窓の外は休日
何もかわらぬ　景色
に見える

――こつ。　こつ。
午睡のまどろみに戸敲《たた》くものありて迎えれば

独居の連休に　故郷がとどく
額《ぬか》づきてただちに箱をあければ
山菜と　米と　手紙が
たちまちぼうと　白くかすんだ

（帰って来る――。
（帰らない――。

手箱の上に時は積もれり
あけてはならぬ蓋をしずめて
振れぬ柱時計の螺子《ねじ》を巻きに立ち上がる
文机《ふづくえ》の上には反古《ほご》の山
うずたかく積もるその頂より
はるかにもゆる郷里の山を仰ぎ見て
開け放した二階の窓から
一条しずかに　のろしを上げる

（「玉手箱」日和聡子）

最近、若い女性の詩人の進出がめざましい。文月悠光、最果タヒ、三角みづ紀、杉本真維子、藤原安記子、蜂飼耳、水無田気流。それよりやや上の世代か、渡邊十絲子など、詩ばかりでなく小説、あるいは批評も書ける意欲的な人も多く、充実期を迎えているといってよいだろう。日和聡子もその一人で、小説家でもある。そして彼女は、引用した「玉手箱」からもうかがえるように、時代ものの風の、やや文語文体よりの詩を得意としている。

「けっして　あけては　なりませぬ。」などという物言いから、時代設定はいつごろだろうと思ってしまうが、それを突きとめる必要はないと思う。また、寓話的な詩ながら書き手の今の心境を語ってもいる。自分の思いを託すのに、時代もの風な舞台を借りてくるというアイディアは、とても面白い。詩はそんなこともできるのだ。

浦島太郎のお話を下敷きにしているが、この詩の主人公は玉手箱をそうやすやすと開けたりはしない。簞笥の上にあげたままだ。故郷からは宅配便（?）が届き、こっちの箱は感謝しながらすぐに開ける。山菜やお米などと一緒に、母の手紙が入っている。「帰っていらっしゃい」というような内容だろうか。しかし、主人公は作家修業中の身。まだまだがんばらねばと、二階の窓から故郷のほうに向かって、革命の狼煙《のろし》ならぬ立身の狼煙をあげている。

この、「一条」や「のろし」ということば、「卓袱台」や「文机」、「まどろみ」や「額づきて」ということばが、ぴったりの場を得てじつに生き生きと働いているように見える。「茶を淹れる」の「淹」は今でもよく使われるが、「戸敲く」の「敲」がうれしい。「叩く」ではコツコツたたく感じがでない。日本語の、脱落寸前のはじっこにいることばを拾いあげるのを使命としている書き手であるようだ。

話が少しずれるが、中学の国語の授業の時に先生が言われたことを、私は今ごろになって思いだす。

「文化の伝承なんてむずかしいことじゃありません」とその中年の女の先生は言ったのだ。「むかしからある四季折々の行事を忘れないで家で伝えていきなさい」

お正月やお彼岸ばかりでなく、節分や雛祭り、しょうぶ湯やゆず湯……とたしか具体的に、先生は年中行事を挙げていったと思う。今の私は怠けてできないこともあるが、雛人形を一夜飾りにならないよう早目に飾るくらいはする。夜の窓を開けて豆を撒くのも欠かさない。しないと災いを招くような気になってしまう。原始的なおそれの感情が湧くのが、我ながら可笑しい。

ことばに対しても、ふだんの粗い言い方を、詩を読み書くことでほんの僅かにしろ修整していく感覚がある。厚顔無恥というか、大きな顔をして暮らしている自分の洗い流し作業なのだろう。

二　「私」を書く、「私」を消して書く——立ち位置の確保

モヤモヤの詩

詩人はオシャレが好きというと語弊のある言い方だが、服のセンスの問題ではなく、ことばで身を飾りたい思いがあるようだ。貧しい裸身を、書くことで鎧《よろ》うとでも言ったらいいのか。さらに言えば、「私」にこだわる思いが強い。「私」など何ほどのものでもない、と思いつつ、観察する目や感傷する胸、思考する五感や情動を衝き動かす観念など、自分が今ここにあるからこそ生まれるモヤモヤに、詩という特典を与えたいのだ。

しかしモヤモヤは、果たして詩になるのだろうか。「そんなことは書くに値しない」と、私が若い頃ある年配の詩人に言われたことがあった。「そんなこと」がどんなことだったのか全く忘れてしまったが、「書くに値しない」という厳しいことばが、尊敬する大先輩の口から放たれた時の驚きはよく覚えている。もちろん、線引きはどんな書き手も持っているだろう。私にだってある。詩になるかならないかは線引きなどという意識もなく瞬間に判断する。けれど、書くに値しないくだらないことを抱えている側面にだって、紛れもなく「私」がいるではないか。くだらなさゆえに、それらは従来の抒情詩の延長上にあるブンガク臭や、現代詩特有の深刻癖を蹴散らす武器になるかもしれない。

卑俗で卑近なことを、まな板にのせるだけの力量は私にはないが、なんとかそういう部分をも含めたところの、人の生活、あるいは自分の深層を、ことばの光で照らすことはできないだろうか。

谷川俊太郎は十年ほど前、あるインタビュー記事で、こんなことを語っていた。

「詩は基本的には気持ちを書くものじゃないと思っています。言葉の組み立て方の問題だと思っているから。意識された気持ちじゃなくて、意識下の気持ちです。それを詩にすると、言葉になることはありますね。

宮澤賢治が「無意識のものでなければいんちきだ」みたいに言っていて、多分僕と同じ考え方だと思います」

意識下には〝そんなことは詩にする必要がない事柄〟がたくさん沈んでいる。線引きは所詮、昼の光の中で行われるのであって、夜の深い亀裂から有象無象の残骸が仄見えるそれを、形象化する作業も詩だろう。思わぬ自分を突っつきだす。でなければ、どうして人の心に残るエクリチュールが生まれるだろう。

なんだろう　あれは
とおくのほうを
たいへんな　はやさで　はしるのは
ずうっと　ずうっと
とおくのほうを
めったやたら　に　ぶんなぐられて
からだ　が　ちぎれちぎれ　に
なっているような
ひくいひくい　おとを　たてて
いるような
むやみに　はやい
むかしのともだちが
おそろしい　め　に
あっているのだろうか

いまわしい　きおくというきおくが
もう　とめようがない　つよさで
こちらにむかって
はしりだして　いるのだろうか

（略）

（「ひどく」川崎洋）

この詩は、何かが大変な速さで走っていることしかわからない。それが何なのか、書き手にわかっているとも思われない。大体、遠くのほうを走っているものであるのに、「めったやたら　に　ぶんなぐられて／からだ　が　ちぎれちぎれ　に／なっている」という体感は、「わたし」のものであるのだ。それがまあ「むかしのともだち」であるとして、「わたし」が「ともだち」に感情移入し、自分のことのように感じられる、と解釈しても、読み手の遠近感がグラっとするのは間違いないところだ。また、その何かは、遠くのほうを走っていながら「こちらにむかって」もいる。ここでも、読み手の方向感覚がグラっと揺れる。そして、「ともだち」という具象と、記憶という抽象の壁をも破壊している。

いったいこの作者は何を言いたかったのか。伝わってくるのは、悪夢の切羽詰まった緊迫感のみである。しかし、このような感覚の錯乱というのか、混乱というのか、えもいわれぬ恐ろしさを、私も知っているような気がする。一読、忘れがたい印象を刻みつけられる。次の詩も、ことばにできない何かを扱っている。

どろりとしたようなもんが
死んだようなもんが
鎖につながって
ジャラ
首を回して
どぶみたいなもんの
底を見ている
それからジャラリ
底に沈んで
揺れている
いろんなものと一緒に映り

ジャラ
どろり
日が暮れるまで
首を回して考えた
死ぬのはまだまだ
まだどろり
バケの
皮をはぐところ
皮のぴくぴく
鎖が
ジャラリ

（「どろりの皮だよ」佐々木安美）

「どろり」「ジャラ」「ぴくぴく」という擬音語が際だっている詩だ。

それにしても何を言っているのか、よくわからないという人もいるだろう。絵柄が浮かんでこないのかもしれない。まず、冒頭の二行に注目してみよう。「どろりとしたようなもんが」「死んだようなもんが」とは、作者を含めたある種の人間を指している。ある種と限定したのは、自分はこんな気持で生きてはいない、と反発を覚える人がいるかもしれないから。

しかし、誰しも、常に、ぴちぴちと弾んでいるわけではない。落ち込んで暗い気分で過ごしている日もあると思う。家族や友人、同僚等々の対人関係や、自分の将来や、社会制度、慣習などがおもくのしかかっている。「鎖」とは、それらしがらみを意味する。と、このように解いていくと、とてもつまらない話になっていきそうで、こわい。

大体、「どろりとしたようなもんが」「死んだようなもんが」を、人間だと解いた時点で、アウトなのだ。作者は、人間を降りた状態の生きものをあらわしたかったと思われる(「もんが」の「ん」がとてもいい)。「鎖」にしても、人間を縛る諸々のしがらみといった概念だと了解してしまったら、詩の面白みは一掃されてしまう。

おかしな説明かもしれないが、この詩は、「ジャラ」「ジャラリ」という鎖が主線であって、つながっている生きものは、それに付随しているにすぎない。同じように「どろり」は、人間らしき生きものの目つきだったり、胸の内だったりするが、その「どろり」が主線であり、当の生きものは体《てい》をなさず解体されてしまっている。

「ぴくぴく」も、顔面神経痛の「ぴくぴく」を考えてみればわかるが、自分の意志ではどうにもならず勝手に動くそれがこちらを支配している。

人間の顔つきをしていることのニセモノ性といったらよいのか、ほんとうは何であるのかもわからないのに、らしく振る舞っているという悲惨さだが、同時に図太さもあって、その感じが詩から伝わってくる。

ゲンジツ生活の中で、私たちはたとえば友人の心ない一言によってさえ、平穏をかき乱される。ツバを吐いたら血が混じっていた、というささいなことですら、死の前兆かもしれないと最悪の事態を想像してしまったりする。数限りない負の因子と、それを乗り越えていくことのせめぎ合いで日々は成り立っている。けれども、どんなプライベートな問題で躓《つまず》いたとしても、あるいはどんな幸不幸に見舞われようが、他人から見れば下世話なひとコマに過ぎない。生身の人間の上に起きた個人的な出来事など、ほとんど処世術に還元できる。

でも、私はそのことがいまひとつ腑に落ちないのだ。ささやかでありふれた事象を分析し、その善処法を考え、いつもの日常を取り戻そうと、自分の感情処理を含めて、生き延びるために繕いはじめる。もちろん、日常生活を送っている生身のレベルで考えれば、自分一個の身に降りかかった事柄を、世の中のありふれた問題にすりかえる方が手っ取り早い。しかしそこから余ってしまうものがある。そういうことではないのだ、と言っている自分もいる。モヤモヤの詩は、余ってしまう感情や無用な感覚をそっくり受け止めてくれるところがある。

ひとりでごはんを食べていると
うしろで何か落ちるでしょ
ふりむくと
また何か落ちるでしょ

ちょっと落ちて
どんどん落ちて
壁が落ちて　柱が落ちて

ひとりでに折り重なって
最後に　ゆっくり
ぜんたいが落ちるでしょ

手を洗っていると
膝が落ちて　肩が落ちて
なんだかするっとぬけるでしょ

ひとりでごはんを食べていると
うしろで何か落ちるでしょ

（「うしろで何か」松井啓子）

女の子、あるいは女の人が家で留守番をしている。「ひとりでごはんを食べている」という無防備な状態のとき、何かがうしろで落ちる音がする。「アレッ、何？」と茶碗やおはしを手にしたまま振り向く。この詩は、その、おののく一瞬を引き延ばしたのではないだろうか。壁や柱が落ち、最後にゆっくり全体が落ちるのは一瞬が見せた幻影……。

この詩で私が好きなのは「ひとりでに折り重なって」の一行だ。家がパタンとたたまれていく感じがする。（ボール）紙でできた、おままごとの家のような愛らしさをまぶしながら、すべてが崩壊していく恐ろしい事態を述べているのが心憎い。「でしょ」「でしょ」という語尾のたたみかけにも現代版わらべ歌風の調子がある。

起承転結の転――「手を洗っていると」の連への飛躍もすてきだ。これはあくまで私の解釈だけれど、手を洗っていると重心がかしぎ、脇の下がすうすうする心もとなさがあって、その不安定な感覚に焦点をあてたのではないだろうか。誰もが知っていて、誰もそこを切りとれなかったほんのささいなある感覚に輪郭を与えている。

「するっとぬける」という言い方には独特のものがある。「落ちる」のは大ごとだけれど、「するっとぬける」のは箍《たが》が外れ、たわいなく転がってしまうような、してやられ感がある。何か一瞬ふわりとする感じ。ある人が、すべての力がぬけて自分が白紙になるような解放感があったと語っていたが、そうかもしれない。くりかえしになるが、各々が自分流に読みとればいいのであって、この詩に正解はない。

「私」に執着しながら、個人的な事情、身辺を凌駕したモヤモヤの詩は、さまざまな出来事から抽出した芯だけを描いているので門戸が広く、読み手にヒットする件数が高い。そして、その受けとり様も多彩である。

私はここにいる

老猫が鳴く――いつもきまってそうだ。今までに看とった猫たち三匹も、だいぶ弱ってきたな、死期が近いのだろうかと危ぶんでいるころに、あの独特でいやな鳴き声をあげ始める。小柄でかた太りの黒猫・コプーのときは凄まじかった。ベランダで虚空を見あげながら、近隣に響き渡るような大音声で、執拗に鳴き始める。それが始まると、とまらない。「もうやめなさい」と、部屋に引き入れようとしても、全身で鳴き続ける痩せ衰えた猫は、別人（猫）のような形相で、近寄るのもはばかられるのである。

「タマヨバイですよ、それは」

と、Tさんは言っていた。詩人が大勢集まる会で、雑談のときに確かそんな話がでたのだと思う。いいや私のほうから、老猫の鳴き声の不思議を切りだしたのかもしれない。「タマヨバイ？」「そう」話はそこで打ち切りになった。そのことばの意味するところや、老猫の現象について、もっとうかがっておけばよかったと後悔しても、もう遅い。私はただ、「タマヨバイ」ということばを忘れないようにしよう、頭に刻み込むだけで、その場を去った。

魂呼ばひ・魂喚ばひ＝人の臨終または死の直後、その枕元や病室の上などで、その人の名を呼び返して蘇らせようとする習俗。「たまよび」とも。

家に帰って古語辞典を引いた。そうだった。高校の古典の授業で貴人の臨終の際の祈禱の習慣について習った際に、先生が黒板に書いたことばだったのではなかったか。

しかし、誰かの肉体を離れようとする魂を、また肉体に戻そうとして、ほかの人間が名前を呼ぶことと、死期の近い老猫が鳴くこととは結びつかない。老猫は〝じぶんの魂よ、戻って来い〟と鳴いているのだろうか。そうかもしれない。でも、あらぬ方向に顔を向け、声をふりしぼっているその姿は、私には、ほかの霊魂や大いなるもののふところに向かって呼びかけているように思われてならない。Tさんも、むしろこちらの意味で言われたのかもしれない。魂は、古語辞典にはこうある。「未開社会の宗教意識の一。もっとも古くは、ものの精霊を意味し、人間の生活を見守りたすける働きを持つ。いわゆる遊離霊の一種で、人間の体内からぬけ出て自由に動きまわり、他人のタマと逢うこともできる。人間の死後も活動して人をまもる」。

老猫は、自分を守り、そして誘導してくれる霊魂に〝ここにいるよ、ここにいるよ〟と鳴いているのではないか。それが習い覚えてのことではなく、生理として組み込まれていることに驚くのだが。

私にはいくつか、なるべく使わないほうがよいと思っている語がある。前にも書いたが希望、愛、夢（とはいえ、けっこう禁を破ってしまうのだが）。それらのことばは中身が曖昧なせいもあって、控えたほうがよいと思っている。魂も、使う人や事柄によって、意味が大分変わる。中身のよくわからないことばで、詩作品に取り入れるには躊躇してしまうが、書き手は、みなそうだろうか。

戦時中、「魂」ということばは「大和魂」ということばに集約されると思うが、よく使われた。いわば、意志のかたまりのような、大変強く響くことばだった。その流れだろうか、今でもスポーツ界などで、たとえば応援席の人たちが、頭に巻いたハチマキに「○○魂」と書いているのを時々目にする。また、「入魂」ということばも、あまり野球などに詳しくない人にも知れ渡っている。

詩の書き手は、その語に嫌気がさしたのか、警戒しているのか、家にある「戦後詩のアンソロジー」を読むと、直接には魂ということばがあまり出てこないような気がする。うっすら覚えているのは、これは戦前に発表された詩だが、西脇順三郎の短詩

「旅人」の結びの「あけびの実は汝の霊魂の如く／夏中ぶらさがつてゐる」だ。また、戦後の三好豊一郎の、有名なフレーズ「私の心臓の牢屋にも閉じ込められた一匹の犬が吠えている／不眠の蒼ざめた　vie の犬が」（「囚人」）。vie は、フランス語で生命という意味だが、魂と解釈してもおかしくはないだろう。

戦争が終わってすぐ、いまだ女性の書き手による詩集がほとんど刊行されていない空白の時期に、次々と質のよい詩集を出していった永瀬清子（一九〇六―一九五）には、魂なる語がその長い詩作の間に、ちらちらと顔をだす。新井豊美『女性詩史再考』を手引きとすると、女性の詩の歴史は明治三、四十年代の与謝野晶子をはじめとする。晶子を師と仰ぐ深尾須磨子、思想家でもある高群逸枝、昭和初期のモダニズム詩の左川ちかなどの書き手のあとに、永瀬清子は位置する。モダニズムの詩や、プロレタリア詩の流行に与《くみ》せず、女性のことばの解放を実践していったこの詩人には、思うにくましさがあった。『現代詩文庫・永瀬清子詩集』に収められた限りある詩篇にも「大和魂」などの魂の中身を蹴飛ばし、自分の定義でもってそのことばを使用するた「雨フレバタマシヒノ」と、タイトルにその語を使ったものもあり、そのほか、やや古風な言い回しの中で、魂なることばは威力を増していると思う。

「我が魂の難破をささえる――。」（「村にて」）

「枯れ且つ輝けるわが魂よ。」（「月について」）

「共に悲しむ者を求めて／その魂はむなしくたたずむ。」（「アポロたちも」）

魂イコール本人であり、俗世の肩書きなどを剝ぎとった純粋な生命として、その語を使っている。私がもっともピンと来たのは、次の一文である。


トラックが来て私を轢いた時、私の口からは「飢えたる魂」がとび出す。私の肋骨からははめられていた格子が解かれて「自由」が流れだす。

トラックが轢かないうちは、それはただの他人とみわけがつかない。

だから詩を書くことはトラックに轢かれる位の重さだと知ってもらいたい。あんまり手軽には考えてほしうない。

（「トラックが来て私を轢いた時」）


詩を書くとは、飢えたる魂が自由に羽ばたくこと、と説明してしまうとじつに平凡な話なのだが、岡山の方言もまじったこのことば自体に、魂の切羽詰まりかたがあって、トラックに轢かれる映像とともにこちらに残ってしまう。

詩人は貧しく（お金や財産がないというイミではない）、飢えた者であるというのが、永瀬清子の詩人の条件だった。

戦後、夫と子を連れて、郷里の岡山で慣れないお百姓仕事をはじめ、真夜中に起きて、蚕が繭をつくるように小さな灯りで書きものを続けた。その詩を読むと、魂は彼女のうちに隙なく一体となっていたように感じられる。しかしそのようなありかたは、今日《こんにち》では勿論のこと当時にあっても珍しかったのではないだろうか。自分の魂を焚きつけるように生き、その媒体として詩作するというのは。

自分の魂というものが自明のものとしてあることすら、本当だろうか、と思う。

何人かの異名（筆名とは違う）を持つ、ポルトガルの代表詩人、フェルナンド・ペソア（一八八八―一九三五）は、こんな詩を書いている。

私は逃亡者。
生まれるとすぐ
私は自分の中に閉じこめられた、
ああ、でも私は逃げだしました。

おなじ場所にいることに

人が飽きるのであれば、
おなじ存在でいることにだって
飽きるのではありませんか？

我が魂は私を探している
だが私はあちこちを逃げ回る、
魂が私を
どうか見つけませんように。

自分であることとは牢獄、
私であるとは　存在せぬこと。
逃げ回りつつ　私は生きてゆこう
それが本当に生きることです。

（「私は逃亡者」管啓次郎訳）

ずいぶん思いきった詩である。経歴や性格の違う書き手を、何人か自分の内に作りだし、さまざまな名前（異名）で語法や内容の違う詩を書いた詩人ならではの詩、とも読める。ペソアの詩は、詩とともに主体が生まれ、消滅する。詩作品の背後に詩人の人生が仄見えることはなく、そこには大きな断絶があるだけだ。それぞれの主体が各詩の中で宙吊りになったままである。

それは、なんと現在の日本社会を生きる者（そのひとりとしての自分）の貌に近いことか。この一篇を前にして考えこんでしまう。ただ少し違っているのは、「我が魂」の強制力が、この詩ではまだ強く働いていることだ。

私は「我が魂」に後ろめたい思いがある。なぜなら「我が魂」は、眠りこんでいるか日々の滓で埋まっている感じがするからだ。まさか死んではいないだろうな、と危ぶむ。

死んではいないとかろうじてほっとするときは、私の場合ごくささやかなこと――幼児や犬猫や花や木に対しているときだ。また、詩を書いたり読んだりしているときも、そうかもしれない。あらゆる詩作品は、誰のということはないのだが、魂を真似るからだ。夜ベランダに出ると、三日月の爪が乱視のためにぶれて三つか四つくらいに見える。よく晴れた日の宵特有の澄み渡った濃紺の空に、カーンと鋭利なものが浮いている。空は天にあるのではなく、もしかしたら底にあるというような、天地がぐらっと逆転した詩を読んだ記憶があるが、宇宙から見れば、地表に近く、月はある。空は、静かなときの海原を模している。我が魂があるとするなら、こうした移りゆく時間の中に漂うとき、ほんの僅か回復しているように思う。

ババの笑い

私にとって詩を書くことは、自分にめぐり会うことでもある。このように書くと、詩とは「私」を描くことなのかと誤解されるだろうが、そうではない。詩の中にたとえ「私」が登場してきたり、語り手としての「私」が、思い、考える一行が記されていても、問題にしているのはそこではないのだ。狭い「私」に終始する限りにおいて、良い詩は生まれがたい。便宜上、「私」という定点を設定するとしても、それは足場にすぎず、日記や身辺雑記の類から離れて、どう表現しどう構築していくのかにかかっている。

けれど、自分の書いているものは本当に〝詩〟になりえているのだろうか。たとえば、手作りの木綿の枕カバーや、柔らかな緑のハーブの小鉢ほどに、そこに確実にポエジーがあるのだろうか。私はある種の詩形式としてのことばの使い方には未練があり、そこでことばを作りあげることに喜びを感じているが、自分が生きることにとって、それが絶対に必要なことかと問われれば、そうではないと答えるしかない。

このことで思いだすのは、石垣りんという詩人だ。彼女は、自分にとっては勿論、読み手にとってもその詩が生きていく上で役に立つ考え方や見方を含んでいればよい、と思っていたようだ。たとえば、誰しもが恐れる死について何か書くことで、無痛分娩のような無痛死になればよい、というような。

石垣りんのなしたことは、戦後詩における金字塔といってもいいような意味を持ち、詩を書いている者ばかりでなく、多くの人々を振り向かせたが、〝生活詩〟とか〝生活的〟という括られ方やレッテルに、釈然としないものを感じていたようだ。なぜ生活ということばが、芸術ということばより貧しい印象を与えるのかと嘆いている。そして、レッテルを逆手にとってだろうか、「自分の書いてしまった詩が、実用的であったらどんなによいだろう」「ゲイジュツも生活に役立つ具体的な機能をそなえることをおそれる必要はないと思う」などと言っている。

石垣りんは、詩を書くために生活を眺め渡したのではなく、生活している中で（などという但し書きは本当は不要なのだが）生まれた切実な声をあげた。「私」と詩が、隙なくくっついているようにも見える。しかし、私は今回『ユーモアの鎖国』というエッセイ集を読み直して、石垣りんの「私」に関する意外な発見をした。「シジミ」

という タイトルで、短い文章と詩を両方載せているのだが、散文では包み込むように、詩ではかっさらうような鋭い立場をとっている。「シジミ」は彼女の代表作であるが、まずそのエッセイを、続けて詩を引用する。

買ってきたシジミを一晩水につけて置く。夜中に起きたらみんな口をあけて生きていた。あしたはそれらをすっかり食べてしまう。その私もシジミと同じ口をあけて寝るばかりの夜であることを、詩に書いたことがあります。

一人暮らしには五十円も買うと、一回では食べきれないシジミ。長く生かしてあげたいなどと甘い気持ちで二日おき、三日たつ間に、シジミは元気をなくし、ひとつ、またひとつ、パカッパカッと口をあけて死んでゆきました。

どっちみち死ぬ運命にあるのだから、シジミにとっては同じだろう、と思いましたが、ある日、やっぱりムダ死にさせてはいけないと身勝手に決めました。シジミをナベに入れるとき語りかけます。「あのね、私といっしょに、もう少し遠くまで行きましょう」

夜中に目をさました。

ゆうべ買ったシジミたちが
台所のすみで
口をあけて生きていた。

「夜が明けたら
ドレモコレモ
ミンナクッテヤル」

鬼ババの笑いを
私は笑った。
それから先は
うっすら口をあけて
寝るよりほかに私の夜はなかった。

鬼ババの笑いとは一種のユーモアであるにしろ、誰しもが持っている残酷な、欲望をむさぼる餓鬼の面だ。

詩では「鬼ババ」だが、エッセイでは「あのね、私といっしょに、もう少し遠くまで行きましょう」と、慈母のごとくである。この二つが、居心地悪く結びついている。ここに石垣りんの詩の「私」なるものの正体がある。彼女の「私」は、石垣りんその人ではない。また、自分の本質が「鬼ババ」であると捉えているようにも思えない。その詩におけるもっともふさわしい形の「私」を打ち立てているのであって、じつは「私」というものは虚妄である実在だったのではないか。そのことと、詩と「私」が隙なく一体であることとは矛盾しない。詩は書き手を先導するものだったと思う。意外な「私」を発見する驚きもあったと思う。

では、もしこの詩に鬼ババが登場せず、「夜が明けたら／ドレモコレモ／ミンナクッテヤル」が削られていたとする。その代わりにエッセイにある慈母が現れて、「あのね、私といっしょに、もう少し遠くまで行きましょう」と書かれていたとする。そして結び三行が同じものであったとしても、少しの不自然もない。むしろそちらのほうが通りが良く、実際の石垣りんの感覚に近い作品になっていたかもしれない。しかし鮮度はかなり落ちる。たいていの人がこの詩を記憶しているのは、鬼ババの笑いがあるからだ。そこに、石垣りんの切り口、あるいは詩への突入方法がある。鬼ババとは、その行為によって現れた者なのだろう。行為には、するかしないかの二択しかなく、そこにいかなる複雑な感情があったとしてもシジミにとってそれは鬼の所業でしかない。そういった客観のまなざしによって鬼ババが生まれているに違いない。本当の気持を言っているようでいて、かなり読み手のほうに身体をあずけていた詩人なのだと思う。

いっしょに行きましょうという言い方は、本心にもかかわらず、欺瞞性、偽善性を含んでいる。それは、私たちの生活全般を覆っている潤滑油の役目をしている空《から》のことばでもあり、社会において必要なことばでもある。石垣りんはこの詩を書くことで、その欺瞞を引き剝がそうとしたのではないか。それが読者の心に波紋を起こすことを承知していたのだと思う。

それにしても、貝としての自分（ら）を引き受けるという視線の低さよ、と思う。最初はみな、空を見上げて詩を書き始めるものだ。私自身小学生のときは上空にあるもの、そこから降りてくるものばかり詩のモチーフにしていたが、詩人になるということは、低い視線で世間を見るのを決意することだと、いまの私は思っている。

私の記憶している中にもうひとつ、非常に低い目で書かれた、貝の詩がある。

水は小暗いところで湧き

なお暗い　はるかな旅をして
何ものかへ　未練のように帰る
はまぐり　ひと粒を置いて

その
ひと刷けの紫の殻
黄や灰や紅の　やみくもに
混じり立って
ほしいままに　拡がり屈伸する
貝には　なりきれぬところはない

さらに
魚たち泳ぐ袋の底のひび
おとたちばなの心臓がかくれたと伝わる
透く壜でもあるかの　この居心地
わたしも貝としてまじめに生きよう

日常の口は開きにくく
たよるコトバは
砂に埋もれ　ズブ濡れて
でもそれになる　それになろう
　ばか、まて、ほたて、はしら、
　かき、うみぎく、もぐらのて、
　あわび、つたのは、うにれいし、しら、

（略）

（「超低空から」森原智子）

詩行の奥からはっきり眼を開いているのが感じられる詩だ。特に、「超」というような流行《はや》りのことばを取り入れ、成功しているこのタイトルの吸引力はすばらしい。森原智子は旧《ふる》いことを書きながら、いまの時代と交錯したいと願っていたのかもしれない。

「おとたちばな」とは、夫であるヤマトタケルの身代わりになって入水し、それまで荒れていた海を鎮めたとされる姫のことだ。その物語は古事記にあるが、魚の浮袋の中におとたちばなの心臓が隠れた、というのは作者の想像であるのか、それともそのような伝説があるのか、寡聞《かぶん》にして知らない。この作者は「ほしいままに　拡がり屈伸する／貝には　なりきれぬところはない」と言っている。貝という〝超低空〟にある場所の心地よさを述べている。たいていの人は虚栄のため、もう少し爪先立つものである。しかしこの「なりきれぬところはない」という微笑み方はどうだろう。この貝は蛤であり、俗にそれは女性自身を想像させるものでもある。つまり「貝としてまじめに生きよう」というのは女性の貞節な生き方を指しているのだろう。石垣りんの「ババ」ほど老いてはおらず、山姥のような異郷の地を住処《すみか》ともせずに、人々とともにある生活圏内で、ひとり密やかに貝になりはてている。薄靄《うすもや》が広がっているだけのその場所でも、「私」はじつに伸びやかだ。「おとたちばな」は処女の清らかなイメージがあるが、真面目に生きるからこそ、日々の虚妄や人生に対して伸びやかに振舞う道があることを示唆してもいる。

香川県に住むT子さんが、採れたてのタケノコを、庭の大釜でぐらぐら茹でて送ってくれた。T子さんは、友人である若い女性のお母さん。ビニール袋に大きなタケノコが何本入っていただろうか。袋の水を替え、冷蔵庫に保管すれば一週間はもつ、とのお手紙がついていた。友人の会社に電話をかけ、お礼を言う。

「母は私より元気で、山登りをしに、じきに上京してくるようです。今度は関東の山に登るようで」

「あなたも一緒に登らないの?」

「私はとても無理です」

そんなにきついところに軽々と登っていく、T子さんの後姿を想像する。緑に囲まれた大釜に、おびただしい量のタケノコのその皮を剝き、次々と投げ入れる姿も。それは区切られた空間を積み上げていくような荒業だ。ただひたすら薄靄の空間が広がっているだけの私とは違って、汗を散らし、指に泥をつけて一日のページをめくる爽快さを思う。

being/doing

花屋のバイトをしている若い女性が、白と黄のフリージア五本ずつを花束用に整えてくれている。しかし、それぞれの長い茎があちこちを向いてうまく格好がつかず、中心の空間を埋めることができない。

「フリージアだけの花束ってむずかしいんですよね」と彼女が言う。

「じゃあ、他にどんな花を持ってくるの？」

「今は時期はずれだけれど、あやめとか」

「あやめかぁ」

花屋では二十本くらいを、大きな透明のガラス瓶に入れている。そういう活け方のほうがよいように思った。

「この一本ずつの曲線に趣があるんですよね。自然のそぼくな味があってね。一輪ざしもいいですよ」

センスのよい人らしい。ざっくりとした藍染めのエプロンを腰にまきつけている。

「いかにも花束っていう作られた感じより、私は好きなんです。華やかなほうがいいですか?」

私は、その花束をプレゼントに持っていく近所の幼なじみのことを考えながら、

「ううん、清純で自然な感じがいいの。さびしいくらいでもいい」。

「じゃあ、ぴったりじゃないですか。香りもきつくなくってかすかに匂います。花がひとつひとつ咲いていくと、少しずつ華やぐっていう感じかな」

私はフリージアの花を胸に抱えて、花が開くにも時間差のあることを面白く思った。個体差か。環境にも左右されるが、生まれながらに備わっている生長の度合い。たとえば第二次性徴の、人によっての訪れの違いのようなもの……男の子の声変わりや、女の子の初潮の時期の差、といったものか。歩きながら、先日読んだばかりの『子ども論の遠近法』(影書房)という鼎談の本で、芹沢俊介が話していたことが思いだされた。

「人間はどのように日常を過ごしているのか、人間関係のなかでどのようにふるまうのかといった人間の日常性をシンプルに見ていくと、〝何かしている自分〟と、何もしないで〝ただそこにいることで成り立っている自分〟があるという単純な事実が見

えてきます。これを〝する自己〟と〝ある自己〟と表していますが、これはウィニコットという小児科医で児童精神科医の考え方から得ています。

学校に行っている自分は〝役割〟としての存在で、それを外したときは〝そこに存在していること自体〟だというシンプルな視点ですが、これが意外と持てないものです」

芹沢氏は、社会は「ある（being）」より、「する・できる（doing）」を優先させるけれど、「ある」という存在感覚の養いこそが最優先で、「する」は「ある」がしっかり作られれば、おのずから個性に応じたdoingを展開できる、というウィニコットの考え方を、共感をこめて語っていた。

それを読んでいて私は、詩というのは「ある」ことへ付与する何らかの力になり得るのかもしれないと思った。多くのテキストは、beingをつきとめるか、存在の漂い方を描いている。

世界がほろびる日に
かぜをひくな
ビールスに気をつけろ

ベランダに
ふとんを干しておけ
ガスの元栓を忘れるな
電気釜は
八時に仕掛けておけ

（「世界がほろびる日に」石原吉郎）

一見doingばかりで成り立っているような詩だが、そうすることでしかbeingは保てないのである。すべての仕事はとるに足らないと言ったのは誰だったか。それを聞いて、はっとしたことがある。しかし、この書き手は、生活のこまごまとした仕事が決して些事ではなく、儀式として存在（being）していると言っているのではないだろうか。

「する」より「ある」ことこそが根幹という詩人の代表選手は、山之口貘ではないかと思う。彼は文明を睨んで詩を書いた人でもある。文明こそがこの「ぼく」の仇というような。文明とは、彼においてdoingの総称のようなものだろう。

「文明ともあらう物達のどれもこれもが夢みるひまも恋みるひまもなく　米や息など

みるひまさへもなくなつてそこにばたばたしてゐても文明なのか／あ、／かゝる非文化的な文明らが現実すぎるほど群れてゐる」（「思弁」）

「たった一つの地球なのに／いろんな文明がひしめき合い／寄ってたかって血染めにしては／つまらぬ灰などをふりまいているのだが」（「雲の上」）

一九〇三年、沖縄県の那覇に生まれ、青年の時に上京して書店の発送部に勤務したり、「暖房屋、鍼灸、ダルマ船、汲み取り屋、ニキビ・ソバカス薬の通信販売等の職を転々」と年譜にある。「自己紹介」というタイトルの僅か数行の詩には「僕ですか？／これはまことに自惚れるやうですが／びんぼうなのであります。」と書いた。

一人娘の、詩にも「ミミコ」として登場する山之口泉の『父・山之口貘』（思潮社）は「父」の生き方が如実に伝わってくるような素晴らしい文章で人に薦めたくなる本だが、それによると、山之口貘は五十九歳でガンに倒れるまで、（十九歳から書き始め）四十年間の詩人の生涯で、出した詩集は生前たった三冊という少なさである。推敲魔であったらしい。亡くなってちょうど半世紀が過ぎたが、二百篇ほどのその詩は、いまも読み継がれ愛されている。生活の苦しさと詩人としての幸福は裏腹なものなのだろうかと、この詩人を見ると思う。

「座蒲団」や「喪のある景色」といった代表作ではなく、こんな詩を挙げたい。

なんのために
生きているのか
裸の跣で命をかかえ
いつまで経っても
社会の底にばかりいて
まるで犬か猫みたいじゃないかと
ぼくは時に自分を罵るのだが
人間ぶったぼくのおもいあがりなのか
猫や犬に即して
自分のことを比べてみると
いかにも人間みたいに見えるじゃないか
犬や猫ほどの裸でもあるまいし
一応なにかでくるんでいて
なにかを一応はいていて
用でもあるみたいな

眼をしているのだ

（「底を歩いて」）

この詩は、「犬か猫みたい」と自分を罵ってから、ふと、なんという「人間ぶったぼくのおもいあがり」と思う詩であるが、この「人間ぶった」という言い方が良い。「犬や猫ほどの裸でもあるまいし」の「あるまいし」も大変良い。書けないなあ私には。こんなことばを書くのにも、資格がいるのではないだろうかと思ってしまう。

日々、何か大事なことを感じているのだ、それになかなか気づけない。たとえ気づいても、瞬間に握りつぶしてしまう。そんなことを山之口貘は、膨大な無為の時間に、例えば喫茶店で一杯のコーヒーを前にして、終日居座って考えていたのかもしれない。彼は「社会の底」にいるために、doing の前に being なのだ、ということに気づいたのではないだろうか。「なんのために／生きているのか」という設問は、「人間ぶった」ものである。書き手は「人間ぶった」人間の仲間に入りたいから、一応そんなことを言ってみたのであり、設問に脅かされる自分のこっけいな姿を、ラストの四行で言っているのかもしれない。犬や猫の doing とは、一体なんだろう。物を食べたり眠ったり排泄したりするのは、仕事ではない。また、子を産み育てるのも、doing というよりも being の範疇《はんちゅう》なのではないだろうか。山之口貘においての doing は、詩やそれに付随する文章を書いたことだろうか。自分が詩を書くことを述べた「生きる先々」という詩がある。「僕には是非とも詩が要るのだ／かなしくなっても詩が要るし／さびしいときなど詩がないと／よけいにさびしくなるばかりだ」という書きだしから始まり、結びはこうである。

子供が出来たらまたひとつ
子供の出来た詩をひとつ

詩は何のために書くのか、という彼の文章を読んでもわかることは、「生から詩を切り離しては、答えられないもの」として、詩があるということなのだ。これは口で言うは易く、実践は難しい。そのように切実なものとして書く気持が失せても、頼まれれば仕事だと思って書く。たいていの書き手はそんなふうに、詩が自分の生から引き剝がされ、べろんとした状態になってしまっていても、書く。山之口貘だったらどうしただろう。

先ほど、あらゆる仕事はとるに足らない、という考えを記したが、あらゆる仕事は尊いとも言える。それは日々のたつきであり、仕事は回りまわって誰かを助け、自分を生かすのだから。心構えの問題ではないかと思う。

渡辺めぐみの「植樹祭」は、木を植える仕事について書いている。「間に合わない／こんなことをしていては　絶対に間に合わない／そうわかっていても　木を植える／わたしたちは　なんという愚かな民だろう」という詩の、後半を引用する。

明日が　わたしたちの頭上に　いかに輝くのか
それが別れであるのかどうか
誰も考えないようにして
木を植える
わたしは　一本の木に
いまだ（未）よわい（齢）と書いて
みれい（未齢）と名付けた
出血し続ける激戦区が拡大しても
どこまでも　どこまでも
生も死も抱《いだ》き終え

吹かれてあるように
酸欠の　焦土と化した　地上にも
姿なき全身を晒し
どこまでも　どこまでも
吹かれてあるように
颯爽《さつそう》と　稜稜《りようりよう》と
颪を食《は》み
吹かれてあるように
わたしは未齢という名の木を植えた

木を植えるのは、たいていはボランティアである。しかしボランティアということばの響きは、どこかよそよそしい。お金を稼ぐ仕事に対しての、その反対という概念を持つからではないだろうか。ここでの植樹は、祈りに近い。詩を書くことのメタファーとも受け取れる。〝わたしの木〟を「希望」というようなありふれたことばで呼ばず、「未齢」という名が生きている。あたりはどこも戦場である。人と人とがじかに殺し合うはめに至らずに済んでいるとしても、という気持が書き手にあると思う。

being と doing のことを考えていたら、鶴見俊輔の『詩と自由』（思潮社）の中で、シモーヌ・ヴェイユのことばにめぐり合った。

最後にそれも記しておく。

「人間だれでも、なんらかの聖なるものがある。しかし、それはその人の人格ではない。それはまた、その人の人間的固有性でもない。きわめて単純に、それは、かれ、その人なのである」

三　ロジックの網——アフォリズムと詩の中間にあることば

みすゞとみちお

東日本大震災のときに、宣伝のためのテレビCMが自粛され、公共広告機構の作ったスポットCMが何度も流された。その中のひとつに、この作品を使ったものがあった。

「遊ぼう」つていふと
「遊ぼう」つていふ。
「馬鹿」つていふと
「馬鹿」つていふ。
「もう遊ばない」つていふと

「遊ばない」つていふ。

さうして、あとで
さみしくなつて、

「ごめんね」つていふと
「ごめんね」つていふ。

こだまでせうか、
いいえ、誰でも。

（「こだまでせうか」金子みすゞ）

金子みすゞには、関東大震災のことを書いた作品もあれば、「私と小鳥と鈴と」や「大漁」などの代表作もあるが、震災とはほとんど無関係なこの童謡が選ばれたようだ。「いいえ、誰でも。」という最終行に、この作品の鍵がある。こだまとは遊び相手ばかりでなく、誰においても同じだということだ。こちらが友好的にふるまえば相手も好意を持ち、こちらが嫌えばまた同じであるという、人と人との関係性を述べている。しかしなんとストレートな易しいことばで、説教くさくならず核心を衝いていることか。こだまという語が作品全体に広がりを与え、さみしさも楽しさも増幅されているようだ。「馬鹿」などという、童謡ではめったにお目にかからないことばも使われている。点検すればするほど巧みな詞だと言わざるを得ない。一番だいじなのは、この書き手のことばが呼吸しているように、変な気取りもなく臭みもなく、自分の隣に息づいていることだろう。これがキッカケとなり、幾度めかの金子みすゞブームがきたことは記憶に新しい。

金子みすゞは明治三十六年（一九〇三）に山口県仙崎に生まれたが、二十六歳で自死した。ほとんど無名のまま没したこの童謡詩人が世にでたのは、死後五十年以上経った、一九八〇年代の半ばである。

与田準一編『日本童謡集』（岩波文庫）に、たった一篇「大漁」が採られた。当時大学生の矢崎節夫（現・金子みすゞ記念館館長）が読んで衝撃を受け、長い間彼女を探し続けた。そしてみすゞの弟の存在をつきとめ、みすゞが亡くなる前に弟に渡したノート三冊を、一九八四年に全集として出版した。

『永遠の詩 第一巻　金子みすゞ』（小学館）に矢崎節夫は解説を書いているが、それによると、「大漁」が『日本童謡集』に選ばれたのは偶然のことだったらしい。というのは、矢崎氏が選者の与田準一に会い、この詞を選んだことへの「お礼を申し上げた」ところ、彼はこう答えたという。

「じつは私は、この作品のことを忘れていたのです。若い編集者が、童謡集を出すならこんないい作品があると、お母さんに渡されて持ってきたのです」

金子みすゞは大正十二年、二十歳の時から昭和の始めまでの数年間、「童話」などの雑誌に投稿し、西条八十に見いだされる。投稿者の「憧れの星」だったようだが、一冊の作品集も持たず、若くして亡くなった彼女の未発表の多くの詞が、死後五十年以上経て、初めて日の目を見、ブームになるというのはじつに稀有なことだと思う。矢崎節夫の目に触れなければ、永遠に埋もれたままだったかもしれない。「大漁」という詞の運命を感じずにはいられない。

朝焼小焼だ
大漁だ
大羽鰮《おおばいわし》の
大漁だ。

浜はまつりの
やうだけど
海のなかでは
何万の
鰮のとむらひ
するだらう。

童謡は、歌われることを前提にしている。だがみすゞの作品は、曲とあいまってのものというよりも、読むことばとして完成されている。

童謡は、意味よりも情緒にかたむきがちなものだ。独自の認識や視点を際立たせるのに向いている器とは思えない。しかし金子みすゞの童謡には、柔らかな調子ではあるが、主張があり、それが歌詞であるため、目や耳に入りやすい開かれた形式で綴られた。未だ文語体の詩が主流だった大正時代。三木露風や北原白秋などの詩の世界にも通じていた彼女だったが、自分がものを書く際には、口語体の喋りことばを基調とした。童謡だからこそかなった形式が、今の時代につながる幸運をつかんだのだ。

「大漁」の魚たちの弔いという視点の確かさは、漁師町で育ち、身近に魚の水揚げを見たり感じたりした者の痛みのようなものが、そこにあったのか、なかったか、などと立ち止まってしまう。

ところで、みすゞの作品集は、触れるたびに好きな詞が変わる。日によって変わる。その日の気持ちにストンとおちるのは、昨日はもう手垢がついていると飽き飽きした詞だったりする。普通そんな作品は二度と初発の感動など戻ってこないものなのだが。くりかえすようだが、童謡という形式の為せるわざだろうか。その歌のメロディーが頭の中で鳴らない、〝(メロディーへの恋が)どれも切ない片思い〟(天沢退二郎のことば)で終わったみすゞの作品は、ことばだけで自立していてもなお、満たされぬ欠落した部分を作品の内奥に抱えていて、それがこちらを飽きさせないのかもしれない。

夜は、お山や森の木や、
巣にいる鳥や、草の葉や、
赤いかわいい花にまで、
黒いおねまき着せるけど、
私にだけは、できないの。

私のおねまき白いのよ、
そして母さんが着せるのよ。

（「夜」）

夜は自由だが、昼の世界にはない暗部への口がぱっくり開いている。昼間の守られた世界に住む者の感覚で夜の世界を歩き回れば、どきっとすることも多い。見なくて済むものまで目撃してしまうこともある。しかし私は、都会の夜しか知らない。みすゞの詞は、森や山が様変わりする漆黒の闇であり、夜の種類が違う。「私」は死や凶事を暗示させる「黒いおねまき」ではなく、母に着せられた、昼の余光で白く輝く「おねまき」で守られ、安心して眠るのだ。〝母モノ〟であるこの作品に、まど・みちおの「ぞうさん」を思いだす。

まど・みちおは、みすゞと同じく山口県出身の童謡詩人である。みすゞは日本海側の仙崎に、みちおは瀬戸内海側の徳山に生まれた。年齢は、驚くべきことに六歳しか違わない。まど・みちおは明治四十二年（一九〇九）の生まれで、長寿をまっとうし、二〇一四年百四歳で亡くなった。二人の生きた年数のなんという差だろうか。

「ぞうさん」は、まど・みちお自身によって解答が与えられている詞だ。鼻が長いという悪口に対して、「かあさんもながいのよ」と胸を張る小象の口ぶりが、おだやかでゆったりしたテンポの曲にのって、愛らしく響く。

みちおもまた、詞が臭みに染まらない程度に、ほのかに意味をもぐりこませた書き手である。もう少しはっきりものを言いたい時には、彼は詞ではなく、詩を書いた。この二つの形式をいったりきたりしたところに、この書き手の特徴があるだろう。

私の一番好きな詩をあげたい。

いつだってひとは　ものたちといる
あたりまえのかおで

おなじあたりまえのかおで　ものたちも
そうしているのだと　しんじて

はだかでひとり　ふろにいるときでさえ
タオル　クシ　カガミ　セッケンといる

どころか　そのふろばそのものが　ものでそのふろばをもつ　すまいもむろん　ものものたちから　みはなされることだけはありえないのだ　このよでひとはたとえすべてのひとから　みはなされたひとがいても　そのひとに

こころやさしい　ぬのきれが一まいよりそっていないとは　しんじにくい

（「ものたちと」）

まど・みちおの詩を、机に両肘をつき、手の平でアゴを包むようにして考えていると、自分もまどさんのような思索的な長い顔の賢者になっているのではないかと錯覚する。長い顔の賢者は色々いて、たとえば与謝野晶子、バージニア・ウルフ、西脇順三郎、ルオーのキリスト像……。

みちおは、詞では決してできない言い回しを、その詩で果たした。「よりそっていないとは　しんじにくい」という一行がそれだ。この二重否定によって、詩は支えられている。これを「よりそっている」というふうに文意通りにさらりと書いてしまったらどうだろうか。「こころやさしい　ぬのきれ」という言い方の欺瞞性がからくも持ちこたえているのは、二重否定だからこそであり、「こころやさしい　ぬのきれが一まい／よりそっている」では、読み手が「ウソ！」と反発してしまうと思うのだ。

そんな例が、まど・みちおの詩には多い。「喜んでいるのだろう」という詩の冒頭では、「犬は喜んでいるのだろう／自分がちょうど犬くらいに／犬にして貰えていることだけは」とあって、雀もヘビもフナもアリもスミレもめいめい喜んでいるのだろうと続け、その後半にこうある。「で　人間よ／もちろん　きみも／喜んでいるのであってくれますように！／自分がちょうど人間くらいに／人間にして貰えていることを／／そして　そのうえに／犬も雀もヘビもフナもアリもスミレも／そのほかのどんな生き物でもが／みんな　ちょうどその生き物くらいに／その生き物にして貰えていることをまでも」

この詩の、哲学的な内容の深さもさることながら、この言い回しをじっくり眺めて欲しい。「喜んでいるのであってくれますように！」「その生き物にして貰えていることをまでも」――これは明らかに日本語への挑戦ではないだろうか。

フローベールはかつてこう言った。「われわれの言おうとする事が、例え何であっても、それを現わすためには一つの言葉しかない。それを生かすためには、一つの動詞しかない。それを形容するためには、一つの形容詞しかない」（川端康成『新文章読本』からの引用）

それはその通りであるけれど、それらをひっくるめて生かす言い回しという曲芸を、みちおの詩に感じる。ことばは生きものであり、それを柵に追い込み掬い取るには、ロジックならぬ、もっと細かな網目がいるらしい。みすゞの喋り口調の詞や、みちおの曲芸の詩に、そのことを教えられる。言い回しの幅があってこそ、ことばに表情が生まれるのだ。そして表情というものは、無限の味わいをはらんでいる。

童心と詩の躍動

書くことは、信仰にとって罪だと思いながらも、書くことをやめられなかった八木重吉のことばに、こんなものがある。「あかんぼが／生長するすがたはうたです、／（略）どんなあかんぼでも／それみづからうたでないときがきます、／しかし、それすらをも詩とするのは／ふかいふかいにんげんのかなしみでせう」。詩というものの成立矛盾を衝いた詩人なのだと思う。

　では書かなければいいのかもしれないが、書かなければますます詩から遠のくのだ。詩を生きることは大人にはできない。「幼い私が／まだわたしのまわりに生きてゐて／美しく力づけてくれるようなきがする」という詩があるが、この人の詩は、死に近き人が先祖がえり、子どもがえりするときのような、生理の自然が備わっている。

　生前、たった一冊の詩集しかもたず、三十歳前に肺結核で倒れた夭折の詩人である重吉が、五十歳になったらどんな詩表現をしていたかと考えるのは、詮無《せんな》いことだ。

詩人としては熟達しなかったかもしれない。しかし、詩を作るのではなく、詩をこぼして生き続けた人のことばは、真剣な遊びめいたものから、祈りへと向かい、詩そのものが中に焦《じ》れて宿っている。ことばから自分の呼吸を切り離せなくなっている。詩とは何かを考えるとき、重吉の遺したことばの数々は、ひとつの鍵となる。

この詩人の特徴のひとつは、ほとんど数行の短詩をたくさん作ったことだ。二十六歳（大正十三年）の時に編んだ第一詩集『秋の瞳』は短いとはいえ、詩的インスピレーションに満ちたことばが多い。「鉛のなかを／ちようちよが　とんでゆく」あるいは、「各《ひと》つの　木に／各つの　影／木　は／しづかな　ほのほ」、「つるぎを　もつものが　ゐる、／とつぜん、わたしは　わたしのまわりに／そのものを　するどく　感ずる（以下略）」というようなことばもある。彼は深くて醜いあり方より、浅くて美しいほうを選んだ詩人だと思う。自然に向かい、そこから風景以上のものを感じている詩がいくつかあり、重吉詩の最良の部分は、あるいは自然詠にあるのかもしれない。代表詩をあげる。

この明るさのなかへ
ひとつの素朴な琴をおけば

秋の美くしさに耐へかね
琴はしづかに鳴りいだすだらう

（「素朴な琴」）

この琴の詩は、秋の澄み渡った大気や透明な光などを如実に感じさせる。重吉の我執や感傷が拭い去られていて、何も付け加えるところのない簡潔な物言いで、解析することのできない、神秘的な無限の空間へと誘われていく。

死の床で準備されたのであろう第二詩集『貧しき信徒』は、重吉の没後に刊行された。「強い反響」があったようだが、それだけで終わっては、この詩人の特異な夥しいことばが広く世に浸透することはなかったろう。

夫と愛児二人を失った未亡人のとみは、戦争中も、夫であった重吉の詩稿を守りぬき、その思いが、重吉没後三十一年に出版された『定本八木重吉詩集』（彌生書房）にまで辿り着くことになるのだが、とみの再婚相手である歌人の吉野秀雄や、その子らも、刊行に協力したという。

消えてもおかしくない詩人だったかもしれないが、たった一筋の希望の光を頼りに、とみは邁進した。金子みすゞを世に広めた矢崎節夫、宮澤賢治の原稿を守った弟の清六など、ある詩人が時代を超えて甦るには大いなる熱意の存在が不可欠だとつくづく思う。

その光は繋がり、詩人の田中清光は、八木重吉の研究を始める。彼の詳細で確かな評論や伝記が、重吉の詩の評価を定めたといってもよい。彼によって、重吉がイギリスの詩人・キーツの讃美者であっただけでなく、日本の詩にも強い関心があり、北村透谷や三木露風、また山村暮鳥や室生犀星などの詩に感銘を受けていたことなども明らかにされた。

田中清光は、「重吉について、彼が詩壇の流れなどには全く無関心に、ただキリスト信仰を軸として孤独なくらしのなかで書いたことがその詩を独自たらしめた、といった俗説が跋扈《ばっこ》しがちなので、それを否定しておきたかった」と述べている。そして重吉がさまざまな詩人の詩を読み、詩壇の流れにも敏感で、「重吉の詩への執着はじつに深いものがあったのだ。それが〔せけん的のよくぼう〕につながるものだとも自ら書いている」とある。

重吉に「せけん的のよくぼう」があったことは、重吉像を汚すものではないと思う。彼はなにも特別な人間だったわけではなく、そういったものと闘った書き手であったのだ。

彼のエクリチュールは、詩というには苦しいものが多々ある。創りあげるという意識はなく、日常のきわに詩が接する時、こぼれおちたことばが小さな器に受けとめられている印象だ。文学的出発は短歌であることも、その詩に反映しているのだろうか。膨大なその詩稿は、詩になる手前のもの、ともいえる。

現代詩の母である永瀬清子が、「非詩的な時間のすき間から釣りあげることを習いとしてきた」という、詩よりはラフな姿勢で書かれた自身のアフォリズム集を、短章と名づけた。重吉のことばもそれに近いかもしれないが、彼には永瀬清子のような生活はなかった。衣食住の暮らしにまみれて、そこから釣りあげたゲンジツ世界に裏打ちされたことばではなく、重吉にあるとしたら、ひたすら精神生活のそれなのである。その精神生活は、思索を深めていくというより、我が「こころ」を見つめることに費やされている感じがする。また、その「こころ」の気色《けしき》がくるくる変わるのだ。一見穏やかに見えてそのじつ気性の激しい彼にとって、書くことは、その「こころ」の気色の良さを求めることではなかったか。

なくてならぬものはひとつなり、
書をよむわたしよ　いってしまへ、

かんがへるわたし
ねたむわたし、いきどほるわたしよ
なくてならぬものではない、
もえよ、きえよ、
しづかなせかいよ　のこれ、
ほがらかなせかいよ　のこれ、
わたくしよ
おほいなる
むなしきそらのもとに
このこころを　ただ花としてさかしめよ、

（無題）

数えていないので確かなことはいえないのだが、「いきどほる」「にくむ」ということばが「かなしみ（さ）」と同じくらい頻出している気がする。が、もっとも多く使われている語は「こころ」だろう。「こころ」とは内発的な衝動であり、手なずけるに難しい。「こころが（花として）さく」とは、「こころ」が踊ることなのだろうか。

それは、詩を生む母胎であるのだろうか。

　第一詩集刊行時、すでに厚い信仰心があった重吉だが、しかしその中にはこのような詩もある。「ぐさり！　と／やって　みたし／／人を　ころさば／こころよからん」（「人を　殺さば」）。このようなある日の「こころ」を罪深いとは述べてはいない。これを読むと、彼は第一詩集をあくまで詩集として生み出し、読み手に映えるということを意識したのではないかと思う。多少の気どりも感じる。

　そんな彼の「こころ」に転機は訪れた。大正十四年二月十七日という日付けのあと、「われはまことにひとつのよみがへりなり」とあり、「おんちち／うへさま／おんちち／うへさま／と　となうるなり」以下、「おんちち／うへさま」ということばのある短章が続く。これについて田中清光は、「それは信仰体験としてとらえるなら明らかに、〈きりすと／われによみがえる〉という内部体験なのであろう」と解いている。八木重吉には、このように自分の「こころ」を見つめている詩人特有の、外からはうかがい知れない大いなる内的体験が起こったようだ。それ以降の彼の作品は、祈りとともに歩むことになる。

　この宗教的な幻の体験以前にも八木重吉は、大正十三年六月、急激な詩の到来による、詩人としての高揚期を迎えている。「鞠とぶりきの独楽《こま》」と題された連詩は、数十ページに渡る長大なものだが、ただの一晩で書きあげたといい、新境地の熱を発している。重吉はこう記している。「これ等は童謡ではない。むねふるへる　日の全《すべて》をもてうたへる大人の詩である。まことの童謡のせかいにすむものは　こどもか　神さまかである」。一見、童詩に見えようが、それは重吉の理想の在りかたを表現に定着したものだった。いくつか書き写してみる。

てくてくと
こどものほうへもどってゆこう
（略）

○

あかんぼが
あん　あん　あん
あん　あん
ないてゐるのと

まりが
ぽく　ぽく　ぽく　ぽくつかれてゐるのと

火がもえてるのと
川がながれてるのと
木がはえてるのと
あんまりちがわないと　おもふよ

○

ぽくぽく　ひとりでついてゐた
わたしの　まりを
ひよいと
あなたになげたくなるように
ひよいと
あなたがかへしてくれるように
そんなふうに　なんでもいったらなあ

（略）

ぽくぽくという擬音と鞠が弾むイメージがきっかけとなって、それまで考えていたことが湧き出ている。詩の書き手として一皮むけた自在さという見方もできるが、それよりこの童心というものが、何よりも天国に近いのだという確信が、詩の躍動をもたらしているのだと思う。重吉の詩のこのひらがなの多さ、明るさは、「せけん的のよくぼう」や、重い心や憤り、憎しみ、死の影など負の総体を、どうしたらなげうつことができるのかの、ひとつの回答であったろう。

他者のあり様

二〇一三年の十月に飯島耕一が亡くなり、二〇一四年の一月には吉野弘が亡くなった。詩の世界からいなくなるなどと考えたこともない二人である。ともに八十代だったが、十年ほどは活動している気配がなく、ひっそりとしていた。けれど、その詩や文章は北極星のように正位置にあり、動じない。

二人が十代のころ、日本は悪い時勢にあり、自分の命がいつ絶たれるかという異様な気分で生きていたろう。飯島耕一は岡山で十五歳のときに終戦の詔勅の放送を聞き、「航空隊に入るつもりになっていたので残念に思った」と、年譜メモに記している。また十九歳だった吉野弘は、山形県酒田市にいて、入隊予定の五日前に終戦になっている。危うく生き延びたそれぞれだが、不敵な気概をもって詩に自分の生存を賭けた。

この項では吉野弘の詩について書きたい。彼は知識によらず、生活を土台として詩を書き、敬遠されがちな現代詩と、多くの人との橋渡しの役目を果たした詩人だ。

「祝婚歌」「I was born」「夕焼け」「生命は」などの名詩は、教科書にも採られているが、私は詩にロジックを持ち込んだ詩人という印象がもっとも強い。生活の中で見聞きしたことを、ふっと心に留め、それを詩的モチーフに高めていく思考が際立っていた。もちろんその思考は、全人的な幅があって、単なるロジックとはいえない情緒的なものでもある。

　たとえばある夏の日、庭の白い芙蓉の花を目にする。なぜめしべばかりが長く、意志を感じさせるのか。おしべは従者然として短く、受粉するには不都合ではないのか。そこで、「他者」の存在に気づく。受粉するには風や虫といった媒介者が必要だ、と。「生命は／自分自身だけでは完結できないように／つくられているらしい」と書きだされた詩「生命は」は、「生命は／その中に欠如を抱き／それを他者から満たしてもらうのだ」という自然の、そして人の根本的な仕組みに辿りついている。この詩については『現代詩入門』（一九八〇）や、岩波ジュニア新書『詩の楽しみ』（一九八二）にも、作者によって詳しく解説されているので、改めて私が書くまでもないのだが、吉野弘はこのモチーフにこだわって、詩を四回書き、それぞれ別の媒体に発表し、満足がいかず、五回目でやっと得心がいったらしい。このような書き手は珍しいし、ここまで紆余曲折を経た詩というのは、彼の中でもあまりないと思う。中盤から引用する。

世界は多分
他者の総和
しかし
互いに
欠如を満たすなどとは
知りもせず
知らされもせず
ばらまかれている者同士
無関心でいられる間柄
ときに
うとましく思うことさえも許されている間柄
そのように
世界がゆるやかに構成されているのは
なぜ？

花が咲いている
すぐ近くまで
虻の姿をした他者が
光をまとって飛んできている

私も　あるとき
誰かのための虻だったろう

あなたも　あるとき
私のための風だったかもしれない

吉野弘の詩は、優しく（易しく）、温かいと思われているが、真理に迫っていく姿勢がつかんだものが、温かいだけのはずもない。彼のもうひとつの命題は、たとえば「鎮魂歌」にも見られる。秋の虫たちの鳴き声に「死ぬことを強いる時間は／生きることを強いる横顔を持ち／タクトをとって休みなく／秋のあまたの虫たちを残酷なほど歌わせる」とある。その虫たちは、「強いられて歌うのではなく／みずから求めて歌うかのごとく白熱」する。生命力の発現の一種の残酷さ——私はこの詩の地続きに、定年を迎えた男が、ふらっと元の職場に顔をだすという詩「仕事」を思いだす。男は瘦せて頰がこけ、すっかり老けてしまっていて、皆が驚く。そこで同僚のひとりはこう言うのだ。「人間はやっぱり、働くように出来ているのさ」。この詩はそこで終わらない。後日、男がまた会社にあらわれ、今度はニコニコしている。彼は町工場に仕事が見つかったという。その結びはこうだ。「これが現代の幸福というものかもしれないが／なぜかしら僕は／ひところの彼のげっそりやせた顔がなつかしく／いまだに僕の心の壁に掛けている。／仕事にありついて若返った彼／あれは、何かを失ったあとの彼のような気がして。／ほんとうの彼ではないような気がして」

はじめて読んだとき、作者の意図がどこにあるのかわからず、面食らった詩である。今読むと、人は内面に空虚を抱え、それを仕事という輝かしい他者に満たしてもらう、ということなのだろうかとも思う。戦後十二年目に出された詩集『消息』の中のこの一篇には、シニカルな影もさしていて、はっとする。この命題をもっとたくましい腕でぐいっとこねあげて、一気に作ったような作品もある。

この壊滅原理が
何時
廃墟となった個に
なだれこむか知れないのだ。

虚無の手で
十二分に　なぶられた個が
身ぶるいして立ちあがるのは
この時だ。

この壊滅の毒素の放つエネルギーが
時に
国を興すことがある
と思はれている。

おそろしいことだ。

（「滅私奉公」）

こういう詩を前にすると、何も言えない気になる。最後の一行が不要なのではないかと、ちらっと思うこちらの小生意気さを封じるものも感じる。この一行を入れることによって、書き手は現代詩などという構えを捨てて、皆と歩む広い道に立ったのであり、立つべきと考えたのかもしれない。

商業学校を出て、十七歳で帝国石油に入社。労働組合の運動をしていたこともある。二十三歳で肺結核を患い、療養生活を送る。結婚、二女を得る。三十代の半ばでコピーライターに転職。と、その年譜だけを見ていっても、詩人としては困難な道を歩んだのではないかと推測される。労働組合の役員や、コピーライターというのは、詩人と両立しにくい立場ではないかと思うのだ。前者は詩と遠くありすぎ、後者は近くありすぎる。しかし、その間にも一字一句を揺るがせにしないきっちりとした意表を衝く詩が生みだされていった。情を抒《の》べるにしても、知のフィルターを通さなければならない、と彼は現代詩の作り方について述べている。詩の種を発酵させていくのにじゅうぶんな思考の高さと懐の深さをもつ彼は、それをかなえていくのに、書き手として窮屈な部分もあったろうと思われる。「母」が「舟」という漢字に似ているところから発想したり、「過」が〝過ごす〟とも〝過つ〟とも読めることから、「いかが、お過ごしですか」とは、あなたはどんな過ちをしていますか、との問いではないかという詩を書いたり、自在な着想に思えるけれども、その詩の提出のしかたの確実性が、意味の追求とあいまって、ふらっと詩を書く手を止めてしまうことにもなりかねない。生身のところからのモヤモヤとしたひよわな線をあまり管理せず、放るところがあっても良かったのではないだろうか。

場外ホームランのような「祝婚歌」「I was born」などの詩を書いた詩人に対して、考えさせられることは多い。吉野弘という詩人は、その詩もロジックも表現も明確だからこそ、後続の者のいしずえになってくれるのだなあと、つくづく思う。

私が好きなのは、一九七一年に出された詩集『感傷旅行』の中の、こんな一篇だ。

小さな万奈が
坐って、雛人形を見上げている。

印刷がずれたように
唇から朱がボッテリずれている白髪の媼《おうな》を見て

血が出ていると万奈が言う。
血がなくならないのかと心配する。

万奈が生まれる前から
白髪の媼は、ずっと、こうなのだ。
三月になると、蘇って
新しい血を垂らす。微笑を含んで。

万奈が、不安そうに
人形を見上げている。

（「三月」）

万奈《まんな》とは、次女の名だと註がある。幼女の心の内奥に踏み込み、同時に彼女の姿形や顔つきがありありと浮かぶ。理が勝った書き手が、手の切れるような現実の時間を思いがけず書き留め得た。いつまでも乾くことのない血がにじみでているのは、白髪の媼ばかりではない。詩もまたそういうものなのだ。うすら怖いような生存の意味を、幼女は雛人形を見あげることで直感している。年を経るごとに、すり切れていってしまう対象への感応と、原始的な恐怖。この白髪の媼の人形は、幼女の手を引いて、生存の物語の奥へといざなう導師なのかもしれない。

あけがたにくる人よ

高橋悠治が、ピアノを中心としたライヴの中で、永瀬清子の詩を使った三つの作品を演奏するという。私は以前、永瀬清子に関する本を書いたことがあり、それを知っていた編集者が誘ってくれた。もともと彼のピアノを生で聴いてみたいと思っていたので、いそいそと足を運んだ。

新宿のとあるビルの上階に、金管楽器が居並んだフロアがある。その一角に、こぢんまりとした会場があった。楽器というのは、鳴らし手がいなくとも、佇んでいるだけでサマになる。サックスの金色の林の奥にあるそのサロンは、明るくて清潔な空間で、いるだけでいい気持になった。ふらりと白髪の高橋悠治が現れ、何気なくピアノの演奏が始まる。それだけでうっとりとしてしまう。イケメンというよりは良い男、といったルックスの栃尾克樹がバリトンサックスを吹き鳴らす。肌と同色のドレスがよく映える波多野睦美が歌う。マノス・ハジダキスという人の作った小品に心奪われたのだが、バッハありアンドレ・プレヴィンあり、高橋悠治作曲の「影の庭」あり、といった選曲は、音楽に詳しくない私にもその趣味の良さが伝わってきた。

ライヴの中で使われた永瀬清子の三篇はすべて、詩集『あけがたにくる人よ』（思潮社）に収められているものだった。ピアノやサックスの伴奏に合わせて、波多野睦美が詩行を読んだり歌ったりしている。歌うだけにしたほうがすっきりしたかもしれない。詩の朗読というのは、当の本人が読んでさえ納得がいかないというくらい難しいものなのだ。

以前、永瀬清子の「あけがたにくる人よ」の朗読CDを聴いた。詠嘆調にはせずに、やや抑えめに素早く読みあげていたのでほっとしたのだが、この詩は、黙読している者の身が傾くような抒情性があり、文字を追うだけで充分なのかもしれない。

あけがたにくる人よ
ててっぽっぽうの声のする方から
私の所へしずかにしずかにくる人よ
一生の山坂は蒼くたとえようもなくきびしく
私はいま老いてしまって

ほかの年よりと同じに
若かった日のことを千万遍恋うている

その時私は家出しようとして
小さなバスケット一つをさげて
足は宙にふるえていた
どこへいくとも自分でわからず
恋している自分の心だけがたよりで
若さ、それは苦しさだった

その時あなたが来てくれればよかったのに
その時あなたは来てくれなかった
どんなに待っているか
道べりの柳の木に云えばよかったのか
吹く風の小さな渦に頼めばよかったのか

この詩の半ば過ぎあたりまでの引用だが、私は「小さなバスケット一つ」と、終わり二行が好きだ。「小さなバスケット一つ」は、主人公の若い姿がくっきり見え、「道べりの柳の木」からの二行は、詩を書く人間にとって、一番難しいと言える表現だからだ。これは飾りの行であって、家出未遂事件に気持が引っ張られている読み手にとっては足踏みしている箇所。だが、作者はこの足踏みまでも詩舞台の背景をゆたかに膨らませる役目を与えている。自然を身近な友としている人にのみ可能な膨らませかたである。続けて詩の後半を引用する。

あなたの耳はあまりに遠く
茜色の向うで汽車が汽笛をあげるように
通りすぎていってしまった

もう過ぎてしまった
いま来てもつぐなえぬ
一生は過ぎてしまったのに
あけがたにくる人よ

てておっぽうの声のする方から
私の方へしずかにしずかにくる人よ
足音もなくて何しにくる人よ
涙流させにだけくる人よ

「ててっぽっぽう」という鳩の声がして、亡霊が現れるのは「ハムレット」の謀殺された父の亡霊ほどではないにせよ、キンチョウが走る。この詩はつまりそうした謎めいたミステリアスなタッチが魅力で、読んでいくうちに亡霊とは恋の逃避行の相手であることがわかってくる。「ててっぱっぽう」という少し苦しげな鳩の声が、こんなに詩の幕開けや幕が下りる瞬間に有効な詩もないなと思う。演劇的な空間でもあるのだ。永瀬清子の詩には、イギリスの叙事詩「ベオウルフ」に登場する怪物の母親や、天女や、鬼女、卑弥呼などといった伝説的な人物に自分を仮託したものがある。農婦である自分や老女である自分を映した詩群とそれらが無理なく同一線上に置かれており、全体像に遠近が生みだされている。永瀬清子の大きな魅力のひとつだ。

永瀬清子は、若い頃こそ東京や大阪などを転々と暮らしていたが、八十九歳で亡くなるまでのおよそ五十年間、岡山から詩を発信し続けた。昭和初期にはシュールレアリズムの波が詩壇を席捲したのだが、彼女はそれに染まることはなく、同じ頃擡頭してきたプロレタリアの詩にも身を傾けなかった。両者から養分をとりつつ、それらを乗り越えようとした。「昭和初期は彼女の岐路だったのです。このことはその後の女性詩に大きな影響を及ぼしたと言えるでしょう。彼女を我が国最初の女性詩人とするのもこの点にあるのです」と、同郷であり本人と交流のあった井奥行彦は語っている。

永瀬清子の詩のファンには男性も多い。詩人では谷川俊太郎、吉本隆明、飯島耕一などがいる。飯島耕一は青年の頃、岡山県豊田村の清子を訪ね、彼女からフランスの詩人、シュペルヴィエルの存在を教わったと書いている。田舎で田畑を耕し、家事や育児に追われている清子は、やはり特別な女性であったというべきだろう。

彼女は、「「欠乏」を持っている人は物事の本質を早く見ぬく」と、短章集（詩になる手前の文章）で述べた。「病気、貧乏、幼稚、単純な老、青年の大望、などすべての物事の不足状態は、一つの価値であるのを、多くの人は気づかない」とも。病気や貧乏が、価値ある不足状態であるのはわかるが、幼稚や単純な老、青年の大望といったものが「物事の本質を早く見ぬく」ための動力になるだろうか。それらは物事を見ぬくことからもっとも遠い性質のものではないのか。もしかしたら書き手は自分の過去を振り返って、あるいはいまの自分の姿を見つめて、〝そんな者でも恵みのように直感が与えられることがある。すなおな分、賢い人や分別のある人よりも早く〝と言いたかったのかもしれない。インテリジェンスのある女性だが、知的エリートでも、特別な家柄でもない。心身でつかんだところを、田舎のあぜ道を早足で歩くように、打てば響くような速い舌を持って人と応酬するように、ぱっと表現した。〝短章集〟には、詩論といっていいようなことばが多いが、私がもっとも感心したのは次のことばだ。

「詩を書く時は出し惜しみせず中心から、最も肝心な点から書くべきだ。（略）本心をつかまぬ行に最初の一行を任すべきではない。又次の行をも任すべきではない。又次の次の次の行も任すべきではない」

岡山の自然や日差しの明るい穏やかな気候に、その詩は育まれているのだが、だからといってのんびりとなどとは構えていなかった。八十一歳で出した『あけがたにくる人よ』には、壊されていく家、亡くなった夫、友人知人への挽歌のようなものや、老いた私などをモチーフにした作品が多い。この詩集は生前出した十八冊の詩集（アンソロジーを含む）のうちの、最後から二番目の詩集であり、もっとも広く人々に行き渡った。

永瀬清子の「あけがたにくる人よ」は、若かった日のことを千万遍恋うているという詩だ。もう一生は過ぎてしまった、もう遅い、時間は巻き戻せないということへの感傷だ。考えてみれば、そんなことは口を噤《つぐ》んでいなければならないのに、誰しも苦い思いを呑み込んで諦めるのに、永瀬清子はそうはせず、手放しで嘆いた。

　この詩に書かれた家出未遂が本当にあった話なのかどうかはどうでもよい。それは嘆くためのきっかけなのであって、嘆くだけ若いのかもしれない。そこには逆説が生じている。

　谷川俊太郎は永瀬清子について「自分というもののどこか一部だけで詩とかかわっているのではなく、自分のすべてをあげて詩と関わっている」と述べたが、その清子と通底するような詩人に、港野喜代子がいる。清子より七歳年下の、大正生まれのこの詩人の詩も、もっとひろく読まれてもいいと私は思っている。亡くなってから『港野喜代子選集』（編集工房ノア）が出され、長い解説を永瀬清子が担当している。

「大風、大水／もういらん／地震もいらんいらん／戦争なんか　いらんいらんいらん」とびっくりするような直截な表現で、まるで今のことを書いている！　と思うが、亡くなってからもう三十七年も経っているのだ。

風が吼え

今朝は
一椀の麦雑炊のために
子を背に、脇に連れて行列についた
その点線の半ばで夢は消えました

一と朝だけ、うずくまつたままで居たいと
朝毎、ひそかに思うのさえ
危いのだ
行き倒れなのだ
と自分を叱るのです

見つめる　一点、一点が放射路にのびる
まばゆい真昼になつた
今、ここで眠つてしまえばとて
凍え死なのです

（「凍る季節」）

愛する家族のため創意工夫の食卓を整え、ドラム缶のお風呂に入り、「スキアラバ」詩を書き、若い書き手の相談にのり、大声で論争し、庭のスミレの花を根をつけたまま配り歩いた。逸話の多い人物で、清子が現代詩の母なら、喜代子は現代詩のおふくろといったところかもしれない。深尾須磨子の一周忌の法事の席で、清子が「港野さん、いくら包んできた？」と小声できくと、「私はこれ！」と膝の前の鉢を指し、「それに詩も書いて来てるよってに」と言ったらしい。「私の世俗心をピシリと打った」と清子は書いている。

二人のきよこは、今から六十年ほど前、アメリカの水爆実験により、ビキニ沖で死の灰を浴びた漁師たちの詩を揃って残している。彼女らが今の社会にいないことに、慄然とする。彼女たちが身を挺して守ろうとし、発言もしただろうことの一郭が崩れてきている危機感をおぼえないわけにはいかない。

四　未知への手さぐり——出来事を超えた世界へことばで導く

脱地球へ

二〇一四年十月八日、満月の夜に、たくさんの人たちが街角や広場や公園に立って空を見上げていた。月が地球の影の中に入り、少しずつ欠けていく。やがて赤暗い色の月になった。自転車で通りかかった若い人が「最初は丸かったんですか?」と中年グループの男性に聞いている。「そうそう、欠けていくのはよく見えたけれど、今は雲がかかって見えづらいね」。地上に近いところでは、残雪のような厚い雲の腹が脈々と連なっている。赤暗い月にも、秋の筋雲がかかりそうだ。

皆既月食でも、月は新月のように真っ暗ではなく、地球をとりまく空気のせいで赤銅色をしている、と物の本にはある。長い月食ほどくすんだ赤い色になるようである。確かにその日は長時間赤銅色が続き、月がまたもとの満月にかえる時には、雲に覆われてしまった。

地球は太陽の周りを回っている惑星であり、月は地球の周りを回っている衛星だ。

衛星をもつ惑星は多いが、地球ほど大きな衛星をもつ星はない。月は昔、地球の一部分がちぎれたもの、と考えられていたらしい。えぐられた跡が太平洋だ、とも言われていた。今はその説は退けられたが、月が地球の一部だったという説には夢がある。夜空の月の姿はなんともいえぬ気品があり、孤独だが孤独に満たされているようにも感じられる。

万葉の昔から、多くの歌人が月を詠んだ。近代詩の書き手もまた、月の情景を好んで描いた。萩原朔太郎『月に吠える』や、宮澤賢治の宇宙に直結した詩、などが思い浮かぶ。しかし月を詩に借りてきてはいても、なかなか夜空の月のあの気高さに辿り着けるものではない。月そのものが詩だからだろうか。

機械が人に破戒させ
科学が夢を破壊する
玲瓏《れいろう》玉の月の輪も
今　でこぼこのあばた面《づら》
昔の月をもう一度

とり戻す手はないものか
犬が慕情を吠えかけた
泣き虫ピエロがま夜なかに
蠟燭代りに文《ふみ》書いた
昔の月は戻らぬか

夜の宇宙は寝部屋です
造物主　神という名の蒔絵師《まきえし》が
梨地《なしじ》仕上げの円《まる》天井
億万の星ちりばめた寝部屋です

二日月
さては三日月
あれは地球の鏡です

もや　かすみ

ナイトガウンにくつろいだ
地球が姿を映します……

（「昔の月」堀口大學）

この詩の載っている詩集『月かげの虹』は、一九七一年にだされている。ということは、七五調を基調とした古風なこの詩は、一九六九年七月のアポロ十一号の月面着陸を踏まえてのものかもしれない。ニール・アームストロング船長は、月に降り立ち、「これは一人の人間にとっては小さな一歩だが、人類にとっては偉大な飛躍である」とのことばを残した。当時月旅行が実現されるのもそう遠い日のことでもなさそうだと多くの人が感じただろうが、まだずっと先のことだったようだ。堀口大學の心配をよそに、未だ月はその神秘性を失ってはいない。

詩「昔の月」の「犬が慕情を吠えかけた」とは、朔太郎『月に吠える』へのオマージュだろうか。また、「泣き虫ピエロ」の「蠟燭代りに文書いた」は、ろうそくの火の代わりに、心に火をともすように文を書く、という意味か。このピエロは書き手自身のことかもしれない。彼の嘆きは、授けられた自然界の戒めを破る人類の、恐れを知らぬ所業のせいだろう。それは、現在もっとも大きな問題である。

詩は実感の投影だとしても、詩の中でしか体験できないことも書ける。夢想にふけったり、ゲンジツをデフォルメしたりすることが可能だ。詩人の脳髄に何が映じているのか。次の詩も詩想が大きい。

神も不在の時
いきているものの影もなく
死の臭いものぼらぬ
深い虚脱の夏の正午
密集した圏内から
雲のごときものを引き裂き
粘質のものを氾濫させ
森閑とした場所に
うまれたものがある
ひとつの生を暗示したものがある
塵と光りにみがかれた
一個の卵が大地を占めている

（「卵」吉岡実）

まず、卵の白さが「塵と光りにみがかれた」と述べられていることに注目したい。この卵の殻はとても厚い気がする。殻を突き破って、何かうごめくものが誕生する気配が全くない、重量も大きさもある卵である。わずか十二行のこの作品は、虚構性の強いもので、日常にまつわる匂いを消し去り、地上とへその緒しか繋がっていない感じがする。作品自体が、巨大なバルーンの形をしていて、つまりこの卵とは吉岡実の生む詩、雑に言い替えるなら、夢かもしれない。

「神も不在の時」という書き出しが、もうこれとしか言いようのない一行だったのではないだろうか。屁理屈を言えば、不在でも神という語が支えている詩世界であり、この神は旧約聖書に登場する神の感じがある。天地創造ではないけれど、混沌状態から生まれ出た「一個の卵」。それが何もない「大地」を「占めている」というのだ。まるでシュールレアリスムの絵画のようだ。

卵とは宇宙の孤児である地球の喩かもしれない。いや、ここは地球という前提のもとで「夏の正午」という季節の規定があるのだとしても、入れ子構造になっていて、地球の孕んだ卵なのだろうと思う。

吉岡実の詩は玄人受けする詩なのだと思う。わかりやすく、しかも懐の深い詩もいいけれど、なかなか入りこめず、一度その書き手の詩法を知るとやみつきになるクセダマの詩にも魅了される。
次もまた人世の外へ脱出していくような、絵柄の大きな詩。

その馬はうしろを振り向いて
誰もまだ見たことのないものを見た。
それからユーカリの木の蔭で
牧草をまた食べ続けた。

それは人間でも樹でもなく
また牝馬でもなかったのだ。
葉むらの上にざわめいた
風のなごりでもなかったのだ。

それは　もう一頭の或る馬が、
二万世紀もの昔のこと、

不意にうしろを振り向いた
ちょうどそのときに見たものだった。

そうしてそれはもはや誰ひとり
人間も　馬も　魚も　昆虫も
二度と見ないに違いないものだった。大地が
腕も　脚も　首も欠け落ちた
彫像の残骸にすぎなくなるときまで。

（「動作」ジュール・シュペルヴィエル、安藤元雄訳）

おごそかな詩風で、真面目に読んでしまうが、この「二万世紀」という数字はなんだろう。そんな昔、地上はどんなであったのか、二百万年前という感覚がよくわからないが、特に意味はなく、虚構の一種だと思う。大昔にうしろを振り向いた馬がいた。そして今、一頭の馬がうしろを振り向き、何かを見たという。大いなるときを隔てた二頭の馬が見たものはなんだったのだろう。人間ではなく、ことばを喋らぬあのつぶらな瞳を持つ生き物にだけ明かされた秘密。

動物がものを食べている時、ふっと後ろを振り返るのはよくあることである。敵の気配を察知しようとアンテナを張っている、と普通は思う。私は夜中に野良猫にエサをやることがあるが、あまりにもしょっちゅう振り返って、食べているのだかなんだかわからない猫に「大丈夫だからね」とつい、言ってしまう。作者は、振り向くという〝動作〟にひとつの夢を託し、心象スケッチを描いたのだ。

この詩は、不在の中心（誰もまだ見たこともないもの）に向かって書かれているが、ユーモアのセンスも感じさせられ、そこがいい。「大地が（略）彫像の残骸にすぎなくなるときまで」という言い方にも、けし粒のようなおかしみが宿っている。

シュペルヴィエルの詩は日本の詩人たちに大きな影響を与えた。一九六〇年に亡くなったフランスの詩人だが、心は故郷の南米の大草原にあったと思われる。

私たちは最長でも、一世紀をちょっと過ぎるくらいまでしか生きられない。しかし詩では、「二万世紀」をまたぐことが可能なのである。それは書き手の特権であり、また読み手の特権でもある。

神秘の綱渡り

それは、おそらく、誰も知らないことだ。暗い夜明け、老人が、独り、遠い川にむかって歩いている。まだ、人々は、深く眠っている。

（略）

老人は、それが、自分の生まれる前から決まっていたことなのだと思う。どんな生涯を送っても、誰もが、この道を歩くことになるのだ、と。

その川は、大きな川だ。この道の尽きるところに、それはある。縹渺と、限りなく広がる天の下に、同じく、縹渺と、限りなく広がる水の流れ。

その岸辺に、短い杭が並ぶひとところがあって、小さな木の舟が、一艘、つながれている。ただ一輪の桔梗の花が、その舳《へさき》に置かれている。

何故、その花がそこにあるのか。それが、本当は、何なのかは分からないが、そこまで、自分が、行かねばならないことは、確かなのだ。

老人が、独り、そこへむかって歩いている。人間が死ぬのは、当然のことだが、おそらく、その前に、誰もが、このことを、経験するのだ。

暗い夜明け、一歩ずつ、歩いていると、それが分かる。そうなのだ。その日がきて、数多くの老人が、それぞれの道を、遠い川にむかって歩いている。

彼らは、全て、遠い昔の婚礼の日の身支度をしている。自分もその一人だ。固く唇を結んで、私は思う。あの木の舟のところまで、自分も早く行かなければ、と。

（「遠い川」粕谷栄市）

掌編小説のような味わいのある散文詩だ。この作者は、こうした奇譚を得意とし、ゲンジツには有り得ない物語を綴りながら、私たちの生の実相を浮かびあがらせる。まるで舞台の一幕のように、大小の道具や衣裳が大きな意味を持っている。岸辺の一艘の木の舟、その舳に飾られた桔梗の花。あらゆる老人がそちらに向かって歩いているにもかかわらず、舟は一艘のみ、というところがふしぎといえばふしぎなのだが、ひとりひとりが皆同じ幻想を見ている、ということなのか。私たちは自分の生をまっとうすることに追われているのだが、隣人もまた同じなのだ。老人は晴れがましくも婚礼の衣裳を身につけている。死と結ばれるためにだろうか。

一生を俯瞰する位置に立ち、想像力を働かせている作者にあって、はじめて描き得る構図だ。

実際に死を迎える人間は、襤褸《ぼろ》のような肉体でもって、傍目《はため》に美しいということはない。けれどその人間の最期なのだということを考えると、精神の上では、正装してしかるべき、なのだろう。死の美化とも読めるが、それは作者の人間に対する哀憐の気持からだろう。

表記の上で特徴的なのは、読点の多さ。一句ごと区切ることにより、切迫したリズムが生まれている。一人一人が皆通過しなければならない、生と死の境目を描く書き手は多いと思うが、ここまでドラマ仕立てなのは珍しい。

それにしても、死の間際の状態にある者が呟くのは、たいてい先に逝った者の名だ。父や母を呼び、先立たれた連れ合いを呼ぶ。ほとんど寝たきりだった母が、深夜「おかあさん」とうわごとで連呼するのを、娘である私は、面はゆいような、複雑な思いで聞いていたことがあった（母は奇跡的に回復したが）。私もまた「おかあさん」と呼ぶだろうし、それを私の娘に聞かせてしまうだろうとも思う。その時の「おかあさん」ということばは、実際の母を意味するというより、純粋にそのことばへの信仰なのだという気がする。

「おとうふを買いに行って／はからずも　母に会った」という詩がある。「はからずも」という言い回しにほろっとするが、母は亡き母であり、モノの手触りの濃かった昭和という時の合い間に落ちていく詩である。

——わたしも　会いたいわ
この頃すこし老けた妹が
しおらしいことをいうので
ある午後誘って
おとうふを買いに行く
水を張ったボールに
一丁ずつ入れて貰い
西陽を背にうけ　帰ってくる

路上に母がいる
アルマイトのボールを抱え

おとうふを買いに行った日の母が
そろりそろり　歩いている
――ほんとうだ
　まあ　おかあさん――
それに今日は　二人も並んで
母が歩いている

（「路上」新川和江）

夢うつつというのもまたふかぶかした時の合い間であり、詩の書き手らの跋扈《ばっこ》するところ。いかにそこにでんと居座れるかを競うことにもなる。二人の母である姉妹のステンレス製のボールに対して、姉妹の母の、凹凸のつきやすいアルマイトのボールが「そろりそろり」と前を行く女の歴史を語っている。

生から死への淵またぎは、おそろしいことに違いないが、あらゆる人がまたいでいったのだから自然なことに相違ない。それをきわめて明るく描いた詩人もいる。

茨木のり子「笑って」の中盤からを引用する。

不意によみがえる古い古い寓話
むかし西域に美しい娘がいたという
晋《しん》の王が遠征の途次
有無を言わせず馬上に掠奪
娘は嗚咽《おえつ》とどまらず襟《えり》もとしとど
どうされるのやら不安で
何処へ行くのやら皆目わからず
胡地《こち》忘じがたく　しおたれて
泣く泣く曳《ひ》かれ　都に到れば
山海の珍味　着たい放題
王の夫人となって寵を得るや
「あら　こんなことなら　泣くんじゃなかったわ」
秋波　嫣然《えんぜん》　なまめいた
その名は驪《り》姫《き》
「おそらく　死もこういうものであるだろう」
かつて

どんな宗教書よりも慰められたことのある
荘子の視線
（略）
逝くひとびとよ
猖獗《しょうけつ》きわめる蛮地でも
住み古りたゆえになつかしい？
いまだに苦役の残る身は
そのわからなさに向って呼びかける
ねえ
笑って！
あちらで
驪姫という娘のように
はればれと

一読忘れがたい印象の詩だ。軽みを究《きわ》めた書き手の考える死。重ったるい生を軽やかに描くなら、そらおそろしい死も明るく描かなければ釣り合いがとれないといったふうだ。無痛詩（石垣りんのことば）の代表選手のようなその書きぶりにこちらまで強くゆさぶられる。向日的な性情というのは死後をも突き進む精神のアスリートの謂いだろうか。別の詩で、「死こそ常態／生はいとしき蜃気楼」とも言っている。

「昨日できたことが／今日はもうできない」という黒田三郎の詩の二行を引用した詩もあるが、老いてゆく肉親を介護する身には、実感のある物言いだ。人を振り向かせるような才走った物言いではなくても、そうとしか言いようのない確かさなのである。私は老いた母と同時に孫の成長を目の当たりにしているが、彼においては、昨日できなかったことが今日はできる。まさに反比例だが、それがたった一晩のことと思えぬほどの素早さで、時間はしぶきをあげている。一見平坦で退屈に思える日々のくりかえしは、じつは神秘の綱渡りなのだ。

ふたつの山の上に

大正時代に活躍した詩人・山村暮鳥の詩の中で、もっとも有名なのはこれだろう。

いちめんのなのはな
いちめんのなのはな
いちめんのなのはな
いちめんのなのはな
いちめんのなのはな
いちめんのなのはな
いちめんのなのはな
かすかなるむぎぶえ
いちめんのなのはな

いちめんのなのはな
いちめんのなのはな
いちめんのなのはな
いちめんのなのはな
いちめんのなのはな
いちめんのなのはな
ひばりのおしやべり
いちめんのなのはな

（略）

（「風景──純銀もざいく」）

この詩は三連まであり、第三連も「いちめんのなのはな」が七行続き、終わりから二行目に「やめるはひるのつき」とある。暮鳥の第二詩集『聖三稜玻璃《せいさんりようはり》』に収められている詩だが、出版は大正四年。室生犀星、萩原朔太郎とともに立ち上げた人魚詩社から出している。『聖三稜玻璃』は、近代詩の歴史上めったにないような実験的な詩集であり、「その詩的変革は突然変異というよりほか、他に言いようのないほど唐突だった」（伊藤信吉）という。仲間である犀星、朔太郎は支持したが、当時の詩人たちにはあまり好意的に受け入れられなかった。ことばの実験というより、遊び感覚の溢れた造語の多い詩集で、暮鳥においてもこの詩集は特別であり、やがてこの詩風を捨てたようだ。

「風景」という愛想のないタイトルに添えられた副題「純銀もざいく」が光っているが、「モザイク」をひらがなにしているところなども、現代に通じる感覚を先取りしている。「いちめんのなのはな」ということばの小片を並べたデザイン模様の詩が、なぜしっくりくるのだろうか。「かすかなるむぎぶえ」や「ひばりのおしゃべり」という、耳が拾った音を絵に添えたセンスは素晴らしく、またこれら異分子の一行が、終わりから二行目にはさまれていて、あくまで菜の花畑を中心に定めているのも、この詩に永遠性をもたらしているのではないだろうか。

私が二十代のころ、山平和彦というフォーク歌手が、『風景』というレコードをだし、暮鳥のこの詩に曲をつけて歌っていた。私はこの曲を聴き、はじめて詩の存在を知った。ゆっくりしたテンポの、低音のくりかえしに、サビの「かすかなるむぎぶえ」が、高くかぼそく歌われていたと記憶しているが、間違っているかもしれない。

最近、「にほんごであそぼ」という子ども向けテレビ番組の中でも、この「風景」に曲をつけて、菜の花を背景に子どもたちが歌っていた。時代を超えて長く愛される作品というものがあるのだ。暮鳥が知るよしもなしだが……。

やまのうへにふるきぬまあり、
ぬまはいのれるひとのすがた、
そのみづのしづかなる
そのみづにうつれるそらの
くもは、かなしや、
みづとりのそよふくかぜにおどろき、
ほと、しづみぬるみづのそこ、
そらのくもこそゆらめける。
あはれ、いりひのかがやかに
みづとりは
かく、うきつしづみつ、
こころのごときぬまなれば

さみしきはなもにほふなれ。
やまのうへにふるきぬまあり
そのみづのまぼろし、
ただ、ひとつなるみづとり。

（「沼」山村暮鳥）

山上の沼に、一羽の水鳥が水遊びするごとく浮いたり沈んだりしているというこの詩を、山室静は「従来の感覚的なものから一歩深く内面に入って、この詩人の心の奥につねにあったらしい祈りを眼前の風物の中に託している。すぐれた情調象徴詩としていいだろう」と述べている。

「沼」は、大正二年に出版された第一詩集からのものである。この景色にもう少し現代性をもたせると、次の詩のようになるのではないだろうか。

ヒマラヤの湖に
夜が来て朝が来ても

ただ明暗が変わるだけ
そこでの一日とは何だろう

風が訪《おとな》い続けて
そこでの一年とは何だろう

ヒマラヤの湖に
だれかが貌を映すだろうか

ヒマラヤの湖に
小さな虫が棲んで
何も考えることなく
くるりくるりと回っているだろうか

（「高地の想像」中本道代）

前者と後者を比較した上のもっとも顕著な違いは文語体と口語体であるが、その違いを脇にどけると、景色としてはそう違いがあるわけではない。ともに、目の前の出来事ではなく想像を書いているのだろうが、その差はなんだろう。

前者は、自分のあふれる思いで風景を覆っている。「かなし」「あはれ」「さみし」という情緒的なことばを盛り込み、風景にこころの色彩をほどこすことに長《た》けている。そこには、文語詩の言語テクニックといったものがうかがえる。それに対し後者は、情緒的なことばを一掃することで、風景そのものを描きだし、なぜその風景を切り取ってきたのかに自分の考えを忍ばせている。真理に近づくために掘っていく作業をしている。たとえその考えが真理にいたらず、茫漠としたものであっても。

中本道代は昭和二十四年、つまり敗戦から四年目の広島に生まれている。山村暮鳥の詩から二つの大戦を経てこの詩がある。とくに先の大戦で、人間を数値に換算する究極の形であるホロコーストを知って、その空気の中で育った書き手だ。広島の詩人で良い仕事をしている井野口慧子や『ヒロシマ連祷』を書いた石川逸子のことなども思いだされる。しかし、中本道代においてヒロシマは直《じか》なものではない。根源的な自然の秩序、いのちの誕生のふしぎにも通じる神秘的な宇宙の法則に、詩としての答えを探る書き手の一人でもある。引用した作品も、そのような思いから書きだされているし、人の息のかからぬ景色のいたずらな美に、どこか見とれてもいると思う。彼女はまた、偶然としか思われぬさだめのようなものにも触れる詩を書いている。

高い山の上に湖があり
湖はその深い水底に魔物を匿っていた
あなたはボートに乗るの？
湖の中央まで漕ぎ出るの？
そんな小さなボートで

高い山の上で
ボートとあなたは水の上にあって
天に向かっていた
その水平面は非常に薄く
在るとも言え　無いとも言えた

見下ろせば水は青緑にどこまでも深く
魔物はどこにいるかもわからないのであった

けれど

魔物はゆっくりと泳ぎ上って来る
あなたはそれを見ることはできないのだが
天とあなたと魔物とは今　一垂線をなす
（「湖」中本道代＊中西夏之氏講演「絵の励ましと日本列島」より着想を得）

とてもドラマチックな詩だ。よく、池や沼の主といわれる魚や、森の伝説的な存在である白い鹿の話があるけれども、それも一種の魔物だろう。湖が水底にかくまっている生き物は、何であるのかわからない。ただし、詩全体の流れから察するに、人の生命をおびやかす悪の化身のようだ。しかしほんとうに悪なのだろうか。人間サイドから見ればそういうことになるのであって、湖にとっては守り神かもしれない。ボートに乗った「あなた」は、気軽な気持で漕いでいる。次の瞬間、ボートは転覆するかもしれない。助かるかもしれない。天は「あなた」を救うほうへ、湖は「あなた」を襲うほうへ引っ張っている。せめぎ合いの刹那。運命の綱引きだ。その連続体の上に私たちの生活はある。

虚無と夢想

室生犀星は、『我が愛する詩人の伝記』の中で、高潔な詩人として、高村光太郎と立原道造の名を挙げている。思うに、光太郎は俗世と厳しく距離をとり、道造は俗世とうまくすれ違ったのではないだろうか。

二十四歳で夭折した道造が、もし光太郎ほど生きたならば、犀星の評価は違っていたかもしれない。亡くなってから出た全集が何度も版を新たにしたような、昭和の初めを代表する詩人となったのは、若書きとはいえ彼の十四行詩（ソネット）に、今までの詩人にはない個性があったからだろう。

夏の間、信濃の追分村に避暑に訪れていた道造は、犀星の別荘の庭にやってきて、雨ざらしの木の椅子でよく居眠りをしていたらしい。犀星が仕事をしている間、そうやって時間をつぶしていた道造は、いまだ発表されていないたくさんの詩稿をノートに書きためていた。犀星に「僕の詩でも、ラジオで放送してくれることがあるでせうかしら、してくれると嬉しいんだがナ」と言ったらしい。「私までがあまつちよろ過ぎる世界にゆつくり眼をやることをしないで、立原の詩を見過してゐる時すらあつた」と犀星は言う。続けて、「彼は頰をなでる夏のそよかぜを、或る時にはハナビラのやうに撫でるそれを、睡りながら頰のうへに捉へて、その一すぢづつの区別を見きはめることを怠らなかつた」と述べている。
　追分村の自然を舞台にした恋に恋するがごとき詩、失恋や喪失の苦しみまでも甘美に流れていくような十四行詩に、次元をたがえた異世界の感触があるのがふしぎに思われる。

夢はいつもかへつて行つた　山の麓のさびしい村に
水引草に風が立ち
草ひばりのうたひやまない
しづまりかへつた午さがりの林道を

うららかに青い空には陽がてり　火山は眠つてゐた
――そして私は

見て来たものを　島々を　波を　岬を　日光月光を
だれもきいてゐないと知りながら　語りつづけた……

夢は　そのさきには　もうゆかない
なにもかも　忘れ果てようとおもひ
忘れつくしたことさへ　忘れてしまつたときには

夢は　真冬の追憶のうちに凍るであらう
そして　それは戸をあけて　寂寥のなかに
星くづにてらされた道を過ぎ去るであらう

（「のちのおもひに」立原道造）

人が死ぬということは、その人の持っていた記憶までが消え去ることである。それを見晴かして、その虚無に向かって抒情しているような詩だ。

抽象的な把握力が強いのだろうか。追憶や夢、愛といったいわば観念的な、実体のないことばを、道造はまるで生き物であるかのように用いている。「稚い　いい夢がゐた――いつのことか！」（「夏花の歌」立原道造）という一行もある。このように夢なり追憶なりのことばに比重がかかっているぶん、私や僕といった主体が希薄だ。主体は、自然の風物に溶け入るようにあり、その情動が季節の推移のようにうつろってしまいがちである。失恋の喪失感も恋におちた喜びも、多少の色調の差はあれど、ほぼ同一線上に描かれている。

昨夜の眠りの　よごれた死骸の上に
腰をかけてゐるのは　だれ？
その深い　くらい瞳から　今また
僕の汲んでゐるものは　何ですか？

こんなにも　牢屋《ひとや》めいた部屋うちを
あんなに　御堂のやうに　きらめかせ　はためかせ
あの音楽はどこへ行つたか
あの形象《かたち》はどこへ過ぎたか

ああ　そこには　だれがゐるの？
むなしく　空しく　移る　わが若さ！
僕はあなたを　待つてはをりやしない

それなのにぢつと　それのベッﾄのはしに腰かけ
そこに見つめてゐるのは　だれですか？
昨夜の眠りの秘密を　知つて　奪つたかのやうに

（「朝やけ」立原道造）

調べとしては相変わらずの道造節だが、音楽が絶えてしまっている。閉ざされた部屋にいる男が、昨夜の汚れた夢のことを思い、自分自身が汚された気持ちになっている。いつも爽やかな風に吹かれ清い身の自分が、失われてしまったのだ。自然の推移とともに生き、循環の世界に生きていた人間が、この空間に閉じ込められている。

全体に「あまつちよろ」い詩集（『暁と夕の詩』）の最後にこれを持ってきたということは、単にこの人は、愛や夢や追分村の美しい自然だけを見つめているわけではない、ということを示している。ブラックホールに吸い込まれるような魔の瞬間。これもまた、ゲンジツの瞬間なのであると目覚めている。虚無すら抒情していた彼が、この詩の中では虚無にたじろいでいる。「だれですか?」の指す「だれ」は人ではないだろう。老い、病、死。こういった観念の擬人化だろうか。夢や愛、追憶は名づけられるが、「だれ」は名づけられていないことにも注目したい。

道造においてのことばの働き。それはゲンジツのザラザラ感から自我を守るためのクッションだったようだ。歌いあげることによって、直面することを避けている。ことばを、暴く武器とはせず、世界をこしらえるための道具として携えている。道造は第一次世界大戦の始まった大正三年(一九一四)に生まれ、第二次世界大戦が始まった昭和十四年(一九三九)に肺結核で死去している。しかしその詩に戦争の狂騒のかげはなく、夢想に徹した。

同じ夢想でも、かつての時代の書き手には思いもよらなかった誰もが恐れる圧倒的な「無」に挑んだ、支倉隆子のこんな作品もある。

(略)

……宇宙はもともとさびしい世界なのです
と碧眼の若い物理学者が言う夏の背広から

もくもくとさびしさは膨張し
……それならばビッグバンは
……なにものかの夜明けの失火であろうか
まさぐる宇宙にも
乱拍子の方位がある
あのあたりから鰻のように盲目の草は生え
あのあたりから人食いのように不安の鎧は草草
草をはむ
さしすせそ
さしすせそ
ソンザイの妖しさ
あやしければ
ここからあそこへ
ソンザイも草も燃えうつる
（略）

（「犀の雫」）

この詩のこのくだりを思い起こすたびに慄然とする。特に「……それならばビッグバンは／……なにものかの夜明けの失火であろうか」という二行――。

「失火」とは過ちから起こった火災のことだけれど、「夜明けの失火」をさびしさの極みと受け取る感受の仕方に惹きつけられる。それに、「ビッグバン」などという物理的な現象をも、ひるまずに情緒に換算するこの書き手のべらぼうな想像力はどうだろう。「万有引力とは／ひき合う孤独の力である」（谷川俊太郎「二十億光年の孤独」）と並ぶスケールの大きさである。

神経の飛び石を踏んで作っているので、引用した詩行を、筋道だてて解釈することはむずかしい。この詩行の底にあるのは、たぶん壮大なニヒリズムだろう。ビッグバン以降の宇宙史、そして地球の歩み、生きものの登場から人類の繁栄まで、そのようなことはすべて、たまたま起きたことである、偶然の産物である、と捉えているようだ。「乱拍子の方位」の、その「乱拍子」によって、「私」は生まれ落ちた、と。

「ソンザイも草も燃えうつる」というのは、先の行で「失火」という「火」を登場させていることに掛けている。「燃える」というのは火に焼かれているというよりはむしろ繁茂するという意味ではないのか。

野草は思わぬところに飛んで、あっちのほうにも突然芽吹いたりする。ヒトもまたそうかもしれない。何カ月かの妊娠の期間があって生まれてくるといっても、感覚としては唐突に見知らぬ（赤子の）魂がやってくる。家の門戸を叩き、きょうからこの家の子になりますというみたいに。さまざまな家に生まれ落ち、あっちでもこっちでも泣き声がする。

日常は常識を強いてくるが、常識まみれになると途端に色褪せる。じつに厄介なしろものである。詩はどっぷり浸った日常の息苦しさから、少しだけヒトを解き放ってくれる。

五　ふれることの出来ない「あかずの間」——それを比喩で暗示する

わたしの旗

二月の寒風を書きとめた詩がある。まずその詩から引用したい。

旗をたてた
兄たちを先頭に
木によじのぼった日
てっぺんの枝に
旗をたてた
蓑虫のようにぶらさがって
ただ
ちかくの家々の
凍った屋根の連なりを眺めただけなのに

世界中を見はるかした　と
おもったのだ
いま
わたしたちとは言わずに
あえて　わたしと言いたい衝動がある
幻影もなにも見ることはない日々
ふいに
夕闇がおとずれて
かえり道を閉ざしてしまう

（略）

（「旗」加藤温子）

この詩は「旗をたて／冬の風のなか／木の梢に／蓑虫のようにゆれる／わたしが／ある」と結ばれている。幼い頃のことを思いだしながら、いまは老い、自分の詩（＝死）というものが射程に入っており、なおことばを紡いでいる。書き手の支えとなっているのは、幼い日のおてんばだった自分の姿だ。それにひたるのではない。ノスタルジーとは無縁である。その時の彼女にはまだ、意志と力と未来があった。それをもって、闘ったにしろ、そうでなかったにしろ、今となってはいずれも幻影である、という思いに捉われているのだろう。とはいえ、まだ残された生への未練に「わたしたち」でなく、「わたし」を立たせることは可能なのだろうか。

最近読んだ二冊、辺見庸『いま語りえぬことのために——死刑と新しいファシズム』（毎日新聞社）と、冨岡悦子『パウル・ツェランと石原吉郎』（みすず書房）が、ずっと気になっている。前者は、主催者側の要請ではなく、自ら志願しておこなった講演録が柱となった散文集である。その講演で彼は「われわれ」とか「みんな」という集合的人称を信用してはいけない、と述べている。単独で体制の旗色に逆らうためには、どうすれば良いのかという具体的な闘い方を述べており、眼を開かされる。「自分で少し自信がないなと思っても、声をあげて言う。モグモグとなにか言う。あるいは、つっかえつっかえ質問をする。理不尽な指示、命令については、「できたらやりたくないのですが……」と、だらだらと、ぐずぐずと、しかし、最後まで抗うしかないと思います」

モグモグやだらだら、ぐずぐずという消極的否定的なことばが、こんなに力を持って輝いている例もない。これなら、自分にも可能かもしれないと錯覚する。

著者は「できたらやりたくないのですが……」ということの一例として、できたら君が代を歌いたくないんですが、と書いている。もちろん、この闘いの姿勢は、国歌の斉唱問題にかぎってのことではない。

冒頭で引用した詩の書き手である加藤温子は、ずいぶん前に亡くなったが、加藤さんのこだわった「わたし」という意志も、辺見庸のこの考えに近いものがあるのではないかと、勝手ながら想像する。

ところで、君が代といえば、オリンピックなどを思いだす。金メダルをとる日本の選手が、歌を口ずさんでいるかどうか、なんとなく口元に注目してしまう。私がもし彼（女）だったら、そして歌いたくないと思っていたらどうするか。歌わないことなど選択できようか。全国の人が見ているという意識に苛まれるのは、競技のことばかりではないのだなと、選手に同情する。思想的にどうこうというのではない。けれどできれば歌わずにいたい。もしここで歌わなければおおごとになるだろうという場にあっては、きっと歌ってしまうだろう。怖いことには蓋をしたい、危ないところには近寄らずにいたい、という腰抜けの自分をどうすることもできない。

かつて茨木のり子は、「球を蹴る人―N・Hに」でサッカーの中田英寿選手のことを詩にしている。十数年前のワールドカップの時、彼は「この頃のサッカーは商業主義になりすぎてしまった／こどもの頃のように無心にサッカーをしてみたい」と述べたそうだ。茨木さんは、そのことばを詩行として引用し、「自分の言葉を持っている人はいい／まっすぐに物言う若者が居るのはいい」と書いた。そして後半部分、彼のもうひとつのことばを詩の中に取り入れている。

「君が代はダサいから歌わない
試合の前に歌うと戦意が削《そが》れる」
〈ダサい〉がこれほどきっかりと嵌《はま》った例を他に知らない
やたら国歌の流れるワールドカップで
私もずいぶん耳を澄したけれど
どの国も似たりよったりで
まっことダサかったねえ
日々に強くなりまさる
世界の民族主義の過剰
彼はそれをも衝《つ》いていた

球を蹴る人は
静かに　的確に
言葉を蹴る人でもあった

現在、君が代が流れる中、歌わずにいるという姿勢に対する監視の目は、さらに厳しくなっている。が、それについてこんなにも鋭いアプローチをしている詩人はいないといってもいいだろう。書き手はもともと逃避傾向がつよいということもあるかもしれないが、何重にも、直なゲンジツの空気から保護する膜を張らなければ、ことばの花は咲かないことが多い。そして、どんな主義主張があろうとも、自分の身にふりかかった出来事を核としなければ、詩が薄っぺらになってしまう。茨木のり子はそのハードルを越えていった書き手である。それがそう易々と行われたわけでもないだろうことは、詩篇の数の少なさ、完成度の高さからもうかがわれる。

冨岡悦子『パウル・ツェランと石原吉郎』は、第二次世界大戦中と戦後、収容所で働かされた体験を持つ東西の二人の詩人を、交互に論評していく優れた一冊だ。パウル・ツェランの研究を積み重ねてきた著者の、難解であるツェランの詩に対する読み解きの精度もさることながら、引用されている石原吉郎のエッセイがやはり抜群の鮮やかさをもって映じてくる。

石原は、シベリアの収容所で数年間過ごし、その後ハバロフスクの収容所へ向かった。そこで、同じような体験をした鹿野武一という人間の行動に、自分を照らしだされるのだ。当時のハバロフスク市長令嬢が、働く日本人受刑者の様子に心を打たれ、皆に食べ物を配った。その中に鹿野もいたのだが、それをきっかけとして鹿野は絶食する。その心理については一言ではいえない。複雑で長い道のりがあるのだけれども「無垢な善意もまた憎悪の対象になり得るのだ」と富岡は書いている。

また、かつて、シベリアで鹿野のとった行動について、石原はおよそこう記している。作業現場の行き帰り、囚人たちは五列に隊を組まされ、歩いていく。その前後左右には自動小銃を構えたロシア兵が、ともに行進する。行進中、よろめいたりなど一歩でも列を乱せば、その場で射殺されるのだ。それを逃れるため、整列の際、囚人たちは争って中心の三列に入ろうとする。わかりやすい構図としては、ロシア兵が加害者であり、囚人の日本人が被害者ということになるのだが、その行進の中においては、守られたいがために外側へ人を押しのける人間もまた加害者であり、「ここでは加害者と被害者の位置が、みじかい時間のあいだにすさまじく入り乱れる」と。そして鹿野は「どんなばあいでも進んで外側の列へ並んだ」。

軽々しく精神貴族などといって済ますことのできない、誰もなしえなかった行動だ。「彼は加害と被害という集団的発想からはっきりと自己を隔絶することによって、ペシミストとしての明晰さと精神的自立を獲得したのだと私は考える」(「ペシミストの勇気について」)と石原吉郎は書いている。

このひとりの男が石原に与えたもの、石原が詩人として立った中心部にあるのは、受苦の中のたった一遍の内省かもしれない。

これも冨岡悦子の本からの孫引きになるが、詩人として認められた石原吉郎は、後日、詩とは何か、という問いに、このように答えている。

「ただ私には、私なりの答えがある。詩は、「書くまい」とする衝動なのだと。このいいかたは唐突であるかもしれない。だが、この衝動が私を駆って、詩におもむかせたことは事実である。詩における言葉はいわば沈黙を語るためのことば、「沈黙するための」ことばであるといっていい。もっとも耐えがたいものを語ろうとする衝動が、このような不幸な機能を、ことばに課したと考えることができる」

このことばは、あるいはツェランの、詩を書く態度にも通じるかもしれない。ツェランはユダヤ系で、両親は収容され殺されるが、自身のみが生き延びたという体験を持つ。彼は石原とは違い、エッセイで多くを語ることはなかった。ことばではおよそ言い表すことのできない体験を背負って、表面は静かなその詩のメタファーが悲鳴をあげているようだ。私はこの本を読みながら、詩でしか向かうことのできない、表現の方法として詩を選ぶしかないという内面に畏れを感じた。

石原吉郎も、単独であること、ひとりであることに固執した。自分はジェノサイドということばが理解できないこと、ひとりひとりの死がないことの恐怖や絶望に触れた文章もある。

辺見庸の単独は、石原のこの考えを踏まえているところもあるかと思う。しかし、辺見には石原のような窮屈さ、厳格さを、すこし破っている感じがして、ほっとする。単独が、個が、それぞれに集まることを忌避してはいないから。まずは直感を信じろという辺見のそのことばも一見ざっくりしているようで、こちらに的中した。

母の明滅

先日、ひとり暮らしの年配の女性と立ち話をした。その時、彼女が話していたことが頭から離れない。庭に時々、キジバトの親子が来るそうだ。固くなったパンを屑にして撒いてやったりするという。けれどその日、野良猫が陰に潜んでいたことに気づかなかった。猫は瞬間、ハトの子をくわえて去った。あっという間だった。

「でもね、親のほうがね、物干し竿のところから動かないの。ずっと待ってる……」

私も似たような経験をしたことがあるので、気持がよくわかる。早朝、まだ若かった飼い猫がムクドリの雛をくわえて帰ってきたのだ。驚き、夢中で猫を部屋から追い払うと、雛が部屋中をバタバタと飛び回る。だが手負いの雛はそう高くは飛べず、落ちてきてしまう。鳥かごに入れ、あとで動物病院に連れて行こうと思っていたのだが、まもなく儚くなってしまった。窓の外から、つんざくような親鳥の声が昼過ぎまでやまなかった。

母の盲愛をうたった、こんな詩がある。

真夜中　ごーごー部屋が轟き渡ることがあるのは
母がわたしの少年時代に
蕎麦やうどんを打つ時　しょっちゅう使った
麺棒が
どこかから
出てき

わたしの生命を励まそうと
背戸の岩の小川の水を
引き裂いたり
かき乱したりして
鳴る音であります

時には那珂川　久慈川でのこともあり

利根川にまでやってきていることもあります

（「麵棒」寺門仁）

寺門仁は、廓の遊女の物語詩を書く詩人である。だが晩年の彼は、故郷の茨城で暮らした頃のことに心が戻っていったようだ。亡くなって十年ちかく経ち、故人の希望であった遺稿詩集を出版された夫人（砂尾三千子）は、あとがきで次のように述べている。

「三歳で父親と死別した彼は、健康で賢明な母の愛と、産土の豊かな自然の中で、十九歳まで村を離れることはなく、故郷と母の愛は骨の髄まで沁み込んでいた」

『遺稿詩集　玉すだれ』には、小学生の「わたし」と母が百姓をしていた頃を描いたものも載っている。が、圧巻は引用した詩だろう。家の裏手の小川ばかりでなく、那珂川、久慈川、利根川を麵棒でかき混ぜるという、それらの川の（名の）取り合わせも絶妙である。

書き手が亡くなったのち、あたりはとても静かだ。ただ文字が残っているだけであり、意味がそこに集約されている。死んでしまってから、詩は真に完成するものなのかもしれない。

母親についての名詩は数多い。母親は生まれてきた人間にとって一番深い謎なのだ。近年、母恋の詩集で有名なのは、吉原幸子『花のもとにて春』だろう。母が老いて認知症になり、病気で亡くなるまでのこと、そして亡くなってからの自身のつぶやきを書きとめている。あまり虚構を混じえていない。ゲンジツの母の姿を描くことに意味がある、という書きぶりだ。

母よ母よ
たうとうあなたは間違へてしまった
毎日みてゐる娘の顔を
〈この子は早く母親に死に別れて
わたしが子供のやうに育てたのよ……〉
（略）
わたしよ
鏡のなかに　一本づつふえてゆくシラガを
そんなにもやすやすと　じぶんにゆるすのなら

（まして）
老いてゆく母をゆるさねばならない
母が老いてゆくこと　を――

（「泣かないで」吉原幸子）

私は、未亡人になった母が私に執着することや、耳が遠くなりこちらが何度もくりかえし同じことを大声で喋らなければならないことにすぐ苛立ってしまう。母が話しだすのを遮り、「いや、そうじゃなくって」などと必ず否定してから滔滔《とうとう》とことばで組み伏せてしまう。あとで母が気弱な表情をしたり、ほんの少し怯えたりしたことを思い返し、身の切られる思いがする。まだ認知症ではないが、記憶力のたしかだった母が、数日前に私の喋った噂話の、その人について再び話しても、思いだせないといった顔を向けるだけでもうだめなのだ。一緒に夕飯を食べながら、私は箸を置いてしまう。母の手料理だというのに。母はまだ私のために世話を焼くことをやめていないというのに。

「泣かないで」の続き。

あなたが三分で忘れることを
わたしだって三日で忘れるのだから
永遠のなかでは　たいしてちがはない

こちらをなだめてくれる物言いだ。ちょっと前まで母がそうしてくれたことを、吉原さんが代わって天国から戒めてくれているような気さえする。母と子は、特にその子が娘である場合、相似形であるだけに、母は抑圧していることに気づかず、娘はトラウマを抱えて成長するのかもしれない。時が至れば、関係は逆転する。弱くなった母と盛りの娘。まるで逆襲のように娘は母をなじるだろう。その気持の底には、母がそれほど弱いはずがないという思い込みがある。思春期の反抗の延長のような気分もあるのだ。しかし、あとで年老いた母を不当に傷つけたことで、自分が血を流す。

娘のことばがわたしを打っている
思いがけないところから繰り出されてくる
刃　槍　牙　ことばの海

はるかな時のヴェールのかなたで
わたしのことばが母を打っている
傷つけることだけを望んでいるかのように

母は一瞬わたしを見たあと
やいばを肉で包みこむように
黙ってしまった

時のはるかな境界をへだてて　いま
娘のことばがわたしを打っている
彼女自身にむけた　ことばの鞭で

（「娘」高良留美子）

母、私、娘という鎖を持つ者なら、この詩が身にしみるだろう。高良留美子の母は、高良とみ。よく知られた文化人で、フェミニストであり、政治家でもあった。社会的な存在である母親との関係が長く留美子を苦しめるが、彼女自身が母親となり、とみが亡くなった後、その憎しみも氷解したようだ。詩集『凮の夜』の「母ごろしの唄」という詩の次に、この「娘」という詩が載っている。「母ごろしの唄」には「母をころそうとして／ことばの矢をつがえていたことがあった」という一節もある。

かつて母が味わったであろうもっとも身近な者からの攻撃の矢を、今度は自分が受けるはめになる。循環はある意味、私を解放する。娘にとって母は、こちらを支配しその中枢を握っている存在だが、母にとっての娘は、娘が未来を孕む存在であるぶん、空白のゆとりがあるかもしれない。母と娘の関係は人それぞれで、ひとつとして同じではない。それは重々承知しているが、母との関係が良いにしろ悪いにしろ、母親の、ある普遍像を描いているのが、この詩だろうか。

母つて云ふものは不思議な脅迫感にも似た、かなしいもので
私の意識の底ではいつも痛みを伴つてゐる。
母はほんとに貝殻みたいにもろく、こはれやすく
しかも母の影を負つて生れたことが、私にはどうすることも出来ない。
つらい、なつかしい夢みたいなもので
眼がさめてもいつまでも神経がおぼえてゐる。

どこへ自由に行くことも出来はしない。
一寸動くとすぐこはれて、とげのやうにささる気がする。
実に痛い。どうすることも出来ない。

（「母」永瀬清子）

母を自分の身から引き剝がすことの難しさを感じる。互いに個として向き合おうとするその足もとから、菓子屑のようにこぼれるものがある。大体、個として向き合うなどという杓子定規が通る相手であろうか。もちろん人は、皆孤児でありみなしご。たまたまこの人のもとに私は生まれたのだ、と思う。無償なものを注いでくれ、自分の死を何よりも恐れるのはこの人だろう、とも思う。母と息子のような母性神話がきかないとはいっても、母への気持は桁外れだ。そして母を詩に描くとき、思わぬ力こぶが入る。母がちらりと詩に登場してくるだけで、その詩に精彩が生まれたと書き手は錯覚する。逆に、あまりに生活と地続きでもあり、母なる語を詩に出すことなど思いもよらない書き手もいるだろう。実像の母より遠くへ、自身の原母のイメージをさらっと掬い上げた作品を、最後に挙げておこう。

溜水地は早い夕暮れ
野蒜を摘んで
泥をはたいているうちに
母とはぐれた

アケビ蔓のおかしな籠を腰につけ
手をつないでくれた母
いまはウプラという町にいるという

それが日々滅びゆくわたしの
日々滅びゆく愛しい母
この世は　もうそれっきり

（「摘み草」財部鳥子）

ウプラというのはどこの国のどんな町なのだろう。溜水地ではぐれた母は、放浪者のような女性なのだろうか。自由に生きる母を筆で深追いせず、ふっと手を放したのは薄情だからではない。この詩は、摘み草の良いにおいがする。母は母、私は私——母の深い謎は私の謎でもある。それをひとつ飲み込んだまま、日は暮れてゆく。

赤い花

最近、テレビでは、料理やバラエティ番組などで人がものを食べるシーンがよく映しだされる。料理番組は平和な時代の象徴のようなものであり、その意味ではほっとするのだが、反面、生命あるものを殺してその亡骸を食べている意識がほとんどなくなっているのではないか。

このことで、忘れられない映画に『バベットの晩餐会』がある。デンマークのへんぴな村に住む、牧師の二人の娘。淡いロマンスはありながらも、敬虔で清らかな生活を貫き通し、老いてなお、亡くなった父に代わって数人の村人の信仰のよりどころとなっている。その小さな家に、フランス革命で夫と息子を殺され、かろうじてデンマークの片田舎まで逃げてきたという女・バベットが現れる。老姉妹は彼女を助け、タダでも構わないから召使いとしてここに置いて欲しいと言うバベットの願いを聞き入れた。

やがて十数年が経過。バベットの故郷との繋がりは、パリの友人が送ってくれる宝くじだけなのだが、その宝くじ（一万フラン）が当たるのだ。ちょうど、姉妹の父の生誕百年祭が近づいてきていた時期だった。バベットは、材料費を自分が持ち、食事を準備したいと姉妹に申し出る。姉妹は、そんなことであなたの大切なお金を遣わせるわけにはいかないと断るが、結局押し切られてしまう。バベットはパリに行き、生きたウズラやウミガメ、ワインやシャンパンなどを買いこみ、村へ持ち帰る。その下ごしらえの様子を見、つつましい暮らししか知らない老女は、魔女の饗宴か、と怯える。しかし、当日のその食事の美味なること！　それまでいがみ合うことの多かった村人たちの頰にも赤味がさし、互いを祝福しあう空気が醸しだされる。じつはバベットは、パリの一流レストランの女料理長であった。

この映画の主題とは無関係なのだが、私はこの映画を見て、はじめて厨《くりや》とはどんな場所であるかを実感した。

台所のゆうれいを感じますか
台所という入れもののの
首までいっぱいに

さりさりと砂が降ってくる
その一つぶ一つぶが
私は魚
私は豆
私はトマト
だったのです
と言い
思い出したように
ふうっと光る
目を閉じて砂を浴び
砂の中に埋もれていくと
ああ私もこの中に混ざっていいのだと
なぜかとても安心できて
ほうっと　体の形が消えていく
そんな日のことでした

砂の中のレンジの上に
戒名でしか知らないひいおばあさんが
くせっ毛をきりりと束ねて
洗いたての浴衣を着て　座っているのでした
千代紙で折った袋にあられを入れて
うれしそうにしているのでした
流しの前では九十一で死んだおばあちゃんが
使う前のいつものおまじない
包丁を両手でかかげて拝んでいるのでした
遠くの村で元気にしている母のゆうれいもいて
できたてのきゃら蕗を
母の母に味見してもらっているのでした
なあんだ　みんなここに
みんなここにいたのですね

（略）

（「台所のゆうれい」山崎るり子）

「ゆうれい」は「幽霊」のような恨みやおそろしさはない。書き手の強い生への肯定の意志に支えられ、詩にある調和が保たれている。この詩は、台所に立つ女性たちの、連綿と続く命のことを詠《うた》いながら、一方で台所で殺したものたちの命を供養するところもあり、読んでいて救われる思いがする。ゲンジツは理不尽や不条理に満ちていて、それを乗り越えられずに挫折してしまう人間も多い。

（略）

太りたる赤ら顔の男は
百姓の足下の箱に入れられたる一羽の
鶏をつかみたり
鶏は鋭き叫び声を上げたり
赤ら顔の男は右手に持てる秤にて
鶏の尻を叩き
鶏を吟味したり
ややあって赤ら顔の男

上身をかがめて上眼にて
無言のまま百姓を見つめたり
それはこの一羽の鶏
何円何銭の見当なるぞとの
言外の仕草なるべし

破れたるコートを着たる百姓は
足下の己の鶏を見つめ
黙然と無表情なり

濁りたる米代川の
異様にどす黒き日本海に注ぐあたりに
白き鋭き波立ちぬ
その波音は聞こえざれども
凄まじき濤声《とうせい》は
これら二人の背後にせまりおるなり

（「橋上の商売」耕治人）

これは東北の能代港での風景であり、川幅の広い「米代川」にかかっている長い橋の上で、ふたりの男が向かい合っているという構図だ。

作者の耕治人は、晩年、自分たち夫婦のつつましい生活を綴った小説で有名になった作家であるが、若いころは画家志望で、かたわら詩も書いていた。熊本の八代に生まれ、上京して会社勤めをしたが病気になり辞めた。その後も絵描きへの志は変わらず、妻の支えもあって、ほうぼうへ自然の景色を描くために旅をしたらしい。スケッチブックに、こぼれ落ちることばも書きつけた。そのようにしてできた一篇である。

今も鶏は売買されているだろうが、こちらには見えないところで素早く、何事でもないかのようになされていると思う。時代とともに滅んでしまった光景だが、この殺伐とした空気感は、鶏の命運と、そうせずには生きてゆかれぬ人の命運を、ともにあぶりだしている。見たままを書いているのだが、鬼気迫る。作者に、売買される鶏や「破れたるコートを着たる百姓」になんらかの感傷があったとは思えないが、自分もまた彼らと同じ、崖っぷちに立たされているとの思いはあったろう。そうした切羽詰まったものが詩にうまく反映されたと思う。

文語体も内容にマッチしている。生きるための非情のシステムを「鶏」対「人」、「ブローカー」対「百姓」、「人」対「自然」の対立裡《り》に描き、とどろく天の意思までも感じられる。

われわれの魂は　時が来るまで　薄黝《ぐろ》い麻袋に入れて壁に懸け並べられてゐる
われわれは肉を喰ふが　それは　われわれの仲間の——遠い仲間の　肉である
喰はねば生きられない　それは百数十万年生きのびて来た迷信の最後のこだまで
あらうか　小舎《こや》の上に大枝をさしかけてゐる櫟《くぬぎ》の梢で　いま　蟬が神に変り　神
が蟬に変る

（『漂ふ舟—わが地獄くだり』入沢康夫）

このように書かれれば、これ以上、つけ加えることは何もない気になる。「遠い仲間」の肉を喰らわずにはいられぬ「われわれ」に魂が宿っているのかどうかという疑義が差しだされている。
「喰はねば生きられない」のは、「迷信の最後のこだまであらうか」という精妙な書きぶりが、詩の奥行きを生んでいるのは確かだが、平たく言ってしまえば、それは

「迷信」ではないのかと切り込んでいる。つまり「遠い仲間」を「喰はねば生きられない」というのは果たしてほんとうか、美味で罪深いその味を「喰はねば生きられない」としているのは、自らをあざむくための、都合のよい「迷信」なのかもしれないと。

そんな私たちの「魂」は「時が来るまで」「麻袋」の中で眠っている。肉体が滅んだのち、魂はやっと自由を取り戻すらしい。この散文詩は、連作の序章にあたる部分で、神話的な響きに、つい、つるつると読んでしまいがちだが、述べられていることは厳しく、激しい。

私たちの体は、他の生きもの（動植物）の死によって維持され、他の生きものと同様に死ぬ。死を自覚し、死を忘れぬように生きるのは、人間だけに与えられた枷《かせ》かもしれない。どのようにして限りある生を終わらせるか。よりよく生きようといった霊性を磨くチャンスにもつながるが、たいていの場合、死を考えないようにしようとしてしまう。死の観念は苦しみをもたらすからだ。今ある自分が、あとかたもなく消え去る、と考えるのは恐ろしい。ものを考えたり感じたりするこの意識が、永遠に戻ってこない、というのは一体どういう事態なのか。生から死への急激な変化に、私は一体耐えられるのか。誰でもが抱くこの疑問に、答えがでないまま、何も教えられぬまま、私たちは道半ばで死ぬ。

魂は不変のものであり、それは循環する、という考え方がアジア各国の伝統的な社会にはある（あった）らしい。岩田慶治『死をふくむ風景 私のアニミズム』（NHKブックス）には、具体例として、ボルネオ島のキナバル山（標高約四千メートル）の周囲に住む人の信仰をとりあげている。

その辺りの人は、死者は山に登るという。それから「死者の魂はまず赤い花になって咲き、村の若い女性がその花を摘んで、食べる。魂は、この花を食べた女性の子どもとなって生き返る。魂があの世とこの世を往復する」と考えているという。

こういう話を読むと、人が死に、お葬式をして、焼き場に行って骨を拾いそれでもう終わりというような、じつにあっけないというか、死者を切り捨て、本当に亡き者としてしまう近代以降の生者中心の世界観に、私たちは復讐されてはいないのか、と思う。もちろん法事やお彼岸などがあって、死者の魂を偲ぶことはするが、それはただの行事であり、私たちの死生観に直結していない。

東京に住んでいると、社会の前線で活躍する者には便利なところかもしれないが、折り返し地点もだいぶ過ぎ、先が見えてきた者にとって、どう自分を慰めてよいのかわからないのが困る。そういうことは諸々の宗教にお任せしてしまい、自身手つかずで、死んだらそれでおしまい、という必敗の法則ばかりがリアリティをもって迫ってくる。

季節のめぐり

季節の変わりめは暦ではわからない。いつだって、いつのまにかその季節になってしまっている。自分の年齢というのも、必ずしも誕生日によって知らされるわけではなく、気づいたら、こんなふうな、若い時と似て非なる私がいるという感じだ。この、歳月のすげない身ぶり。

歳月はイミをたずさえてきてくれるわけではなくて、あまりにもイミがないから、代わりに季節のめぐりを与えられているという気もする。

多田智満子という詩人に『季霊』という自選詩集がある。〝季霊〟とは季節に宿る精霊というほどの意味であるのか、「あとがき」を読むとどうやら造語らしい。自分がはじめて考えだしたと思っていたが、俳人の永田耕衣の発明した語だったことを知った、と書いている。

「自然に四季があるように、人生もたしかに季節の支配下にある。はや半世紀も生きてきた私は、めぐり来てはめぐり去る春夏秋冬を五十回以上も経験することで、自分ひとりの一回限りの四季を生きつつあるのを身にしみて感じている」

自分の生涯を季節になぞらえ、今は秋を迎えていると書くようなありきたりなところには陥らずに、ただ毎年迎える春夏秋冬——めぐる季節の恵みやその永遠性をほんの少し掠め取った詩を載せている。

あぶらぜみ繁る樹の下で
捕虫網すてた少年は何を夢みていたか
なぎ倒されたくさむらの
バッタの一族の行方について
大地を蹴たてて走る
裸足《はだし》の雨の襲来について
ああ太陽の髭面しかしらず
くさい煙たてて今日も脂肪焦がす女よ
少年はひときれのレモンをくわえ
風にキラキラと虹を散らして放尿した

（「虹」多田智満子）

この書き手には少年を描いた詩が数篇ある。引用した「虹」は少年讃歌の頂点ともいえる。結びは、たとえばヨーロッパの広場などに見られる小便小僧の噴水がイメージの下地にあるのではないだろうか。

涼しげで美しい夢見る少年とは対照的に、その母なのか中年の「女」が肉料理をしている。フライパンの中で、赤身より先に脂肪が焼け焦げる感じもリアルだ。天上的な少年に対して、地上的な女というふうに図式化してしまえば、とたんに詩が色褪せるのだが、戸外の夏の少年をより際だたせるために、起きたとたんに家事に追われ、夏も冬もない女を造形したのだろう。

この詩の、季節の感受の仕方は、伝統的な近代抒情詩のそれとは違って、どこか西脇順三郎の初期の「ギリシャ的な詩情」漂う世界をほうふつとさせる。この詩の少年は、イデアとしての永遠性を身にまとっているが、「虹」が書かれたのは、半世紀ほど前のこと。時代が変われば風俗も変わってしまう。

強い日差しのもと、捕虫網をもって蝶や花あぶを探す少年は今でもいるが、東京の、私が住んでいるあたりでは、たいてい保護者が一緒についてまわっている。庇護の囲いの中、原っぱなど見あたらぬ管理された区域の、他人《ひと》ん家《ち》の生垣におずおずと網をさしのべる少年には、季節の躍動やら、風景の向こうから押し寄せてくる神秘的な気配やらが感じとれなくなるのでは、とあやぶむのだが、いらぬ感慨というものだろう。

多田智満子は昭和五年（一九三〇）生まれ、日本が軍事一色だった時代に青春を送った世代のひとりだが、その詩には貧しさや時代に対する反抗の身ぶり、あるいは胸のうちを告白するみたいなところがなく、あったとしてもそれとは感じさせない距離をもった書き方をする。超然としていることを自分に課している書き手だ。翻訳家としても名があり、長く大学で教鞭をとった。

初期の、とある詩に、「この日また虚無の賑やかさ」との一行があって、彼女の作品世界の感触をよく表していると思う。その詩とは別の、私の好きな朝の詩を挙げる。

海は朝に似ている
ひろがりきって弓なりにのけぞった朝
小鳥たちは小島のように点在して
スタッカートのしぶきをあげる

大地のうわべを波立たせる息吹きよ
潮にのった紡錘形の夢たちの
尾ひれのついた遠征のたよりよ

羽根を生やした草の種の
気もそぞろな白い旅立ち
おお　なんと
なんと光に溶けやすいものたち

すべてはめくられ
記憶は裸でそしてめくら
それから奇想天外の足跡

この日どこにもつなぎ目がなく
みなぎってもうどうしようもなく
朝は海に似ている

（「朝あるいは海」）

この詩でわからないのは、「潮にのった紡錘形の夢たち」だが、これはイルカや鯨などを指しているのだろうか。また、「草の種」の「白い旅立ち」とはタンポポの綿毛のことか。あれこれ推理するのも楽しい。「光に溶けやすい」という一行からは、朝の光が地上のすべてを覆い、ハレーションをおこしている様がイメージされるけれど、一方、待っていた連絡がきた喜びや、新しいことを始める不安や晴れがましさ等々も儚《はかな》い一場の思い、といった解釈ができそうだ。

しかし、なんといっても、「記憶は裸でそしてめくら／それから奇想天外の足跡」の二行がすてきだ。前行は、記憶とはひどくナマナマしいけれども客観性を欠いたもの、真実とは程遠いものなんだと言っている。次の行は、記憶ってすごく変なことを前後の脈絡なく覚えてるものだ、ということなのだと思う。

ラストは、朝は昨夜とは打って変わり、ほんとうに気がみなぎっている、ノーテンキなくらいに、ということを美的イメージでもって記している。

もちろん、こうした解釈は一部のものであり、イメージとは無限に意味をはらむ、というか意味を超えるものであると思う。でなければ、文章で説明的に述べればいいのであって、詩化する必要はない。書き手はパッショネートな、あふれる気持を、そのイメージに託している。生きてることって虚無だ、イミがないという考えにたって書いている人なのに、この情熱はなに？　と読むたびに思う。

同じ考え、同じ観念の基盤にたちながら、抒情の質のまるで異なる、黒部節子の、こちらも私の好きな詩を挙げる。

開いている「次の間《ま》」の仄明るさ
あの場所をわたしはよく見ることがありました
ゆめの白い敷居のむこうに
その忘れられた六畳の部屋はあって
縁《へり》無し畳の上に坐っているのは
いつもわたしの知らない年老いた従妹たちでした
毛たぼを入れた大きな髪をうつぶけ
あのひとたちはお茶わんを両手にもって何かを
啜《すす》っているのでした　あのひとたちは
「七月が近い」といい裏の夾竹桃《きょうちくとう》が

「昨日咲いていた」という言い方をしました
黒い木の戸棚には把手《とって》のない
いくつかの戸がありました　それが開けられることは
けっしてありませんでした
それからあのひとたちは　後ろ向きのまま
おもい顔の廂《ひさし》をあげて
翳《かげ》りはじめている遠い庭を見ました
砂の上にまゆが干されていました
まゆはそれぞれが細い消えた糸でつながりながら幽かに光りながら
けれど陽のなかでことごとく空《から》でした

（「繭」黒部節子）

黒部節子の詩は、家の内外《うちそと》といった日常の風景がほとんどだ。日常とはいえ、それはかつての日常であり、古い時代の家屋や庭や往来を幻燈で見ている感じがする。

この詩のかんじんなところは、スクリーンに映しだされるひとが、「年老いた従妹たち」であって、たんなる「年老いた女のひと」ではないことだろう。語り手の従妹であり、同時に読み手ひとりびとりの従妹でもあるように、「あのひとたち」がこちらにすり寄ってくる。血の中に眠っている風景を呼び覚まされる。

お茶椀を両手にもって何かすすっているという描写が、薄気味わるい。動物じみてもいるし、平安朝の女人のようでもある。また「あのひとたち」のなにげないことば——私と老いた母でも交わしているその同じ会話が、秘密めいた暗号のように伝わってくる。作者の巧みな筆づかいに乗せられてしまっている証拠だろう。

把手のない戸棚には、いったい何がしまわれているのか。死んだ児のへその緒か、もっと怖いものか。決して来ない何かを待っている「あのひとたち」の姿勢の象徴のようなそこには季節がいたずらに循環するばかりなのだ。何も「事」を起こそうとしないまま、年老いていく閉塞感を、詩はラストで解き放つ。

この密室の唯一の脱出口は庭。しかしそれは「遠い庭」であり、砂が敷き詰められている上にまゆが干されているという超現実的な絵が出現する。白光りしたまゆとは何か。おかしな言い方をすれば、存在のからっぽ性ということだろう。

うちの平凡な庭にも六月の風が吹く。しだれた枝がなびき、さやさやと葉ずれの音がし、背ののびた雑草の葉だけを揺らす。ひと吹きごとに異なった葉が揺れもする。陽が降り、影がおち、その明暗も同時に揺れる。

夕方から夜になると、かぶさってくる薄闇が、景色を物問いたげに塗りかえる。薄闇が昼の凪のごとき役目をしているのだ。自然は常にとどまらず、変化の妙を見せて、存在のからっぽ性をうまくごまかす。生きているこの空間は、ただ物が投げだされているだけのしらけた場ではないとでもいうように、一日は変化し、一年ごとに季節がめぐる。考えてみれば、それはふしぎなからくりだ。

あとがき　詩はあなたの隣にいる

ある一篇の詩と出会い、好きになることが、ことばのゲイジュツとしての詩と仲良くなる最初の一歩だ。その次に好きな詩人ができればしめたもので、詩というものがぐっと身近に迫ってくる。

私も十代のころに牟礼慶子と富岡多恵子の詩に出会い、みようみまねで書きだしたのが始まりだった。詩を読んだり書いたりすることは、そんなに特殊なことなのだろうか。半世紀ほど前にはひとクラスに二、三人はいた詩の好きな人が、いまは一学年に一人もいないという詩にとって危機的な状況に陥っている。

知り合いの詩人が東京六大学中の一校に〝詩を読む〟という講義をしにいったときに、二百人ほどいた聴講生のうち、谷川俊太郎を識っている大学生が皆無だったと聞く。

電車の中で、スマホの小さな画面に没頭する（高齢者以外の）ほとんどの人たちの顔を眺めていると、詩は人の生活に、というか、人の生涯にかすりもしないのだと思って暗い気持になる。

かつて田村隆一は詩とは何かという質問に、〝目の前の大木を指差すこと〟という答え方をした。また、現代美術家のマルセル・デュシャンは便器を展示した。それが彼のゲイジュツ観であり、詩だったからだろう。しかし、木にしろ便器にしろ、いまは誰も詩人の人差し指の方向を見ようなどとしない。

人はそれほど詩とは無縁なものだろうか。ことばのゲイジュツとしての詩は素通りしてしまうかもしれない。けれども、皆そのおおもとの詩なるものを呼吸して生きている。

なぜならば、私たちの生活に感情が大きな位置を占めているからだ。たとえば、木の葉を下から見上げると葉の裏側が表よりも生白くてやわらかい。梅雨の晴れ間のいっとき、緑は枝を伸ばして、その勢いに圧倒されるが、陽に透かされた葉裏にわずかにこちらの情緒が誘いだされる。

葉裏ということばは、多くの詩に登場するいわば詩になじみの用語だ。また、朝露の玉や雨のひとしずくの詩にもときどき出会う。水ではなく転がり落ちる最小単位に目が向いたり、生白い葉裏に気づいたりするのは詩の書き手ばかりではないだろう。

この世界は、宇宙の星々から蟻の複眼までで成り立っているが、その想像力も詩と無縁ではない。社会的な意識に縛られ、対人との交流のストレスをゲームなどで解消するような、狭い場所に封じ込められた意識が、たとえば雨の音にあるいは木々の間の光の点にふっと心を奪われるとき、人は詩のごく近くにいるのだと思う。

このような生活と詩との接点に身を置いて、詩をおびき寄せる窓口になればよいと思った。詩を通じてひとりの人、あるいは一人ずつの人と共振したいという願いがいま強くある。

最後に、この本は編集部の金井ゆり子さんのお力なくしては生まれなかった。連載中から内容にも深くかかわり、励ましながら伴走してくださった。どれだけありがたかったか。装丁の名久井直子さん、カバー絵を画いて下さった福田利之さんをはじめ、多くの方々の後押ししてくださる手を感じつつ、この果報をどうお返しできるだろうと戸惑っている。ありがとうございました。

本書は、ＰＲ誌「ちくま」に二〇一二年七月号から二〇一四年七月号まで連載した
「原詩生活」に書下ろしを加え、大幅な加筆修正のうえ再構成したものです。

井坂洋子　いさか・ようこ

一九四九年東京生まれ。上智大学文学部卒業後、女子高校に国語の教師として勤務。七九年、十代の女子学生の視点から書いた詩集『朝礼』を発表、脚光を浴びる。八五年教師を辞め詩作に専念。詩集に『GIGI』（H氏賞）、『地上がまんべんなく明るんで』（高見順賞）、『箱入豹』（藤村記念歴程賞）、『嵐の前』（鮎川信夫賞）、評論、エッセイに『月のさかな』『永瀬清子』『はじめの穴　終わりの口』『詩の目　詩の耳』『黒猫のひたい』など。静謐で染み入ることばをもつ人と定評がある。

詩《し》はあなたの隣《となり》にいる

二〇一五年一月二十日　初版第一刷発行

著者　井坂洋子
発行者　熊沢敏之
発行所　株式会社筑摩書房
東京都台東区蔵前二—五—三
〒一一一—八七五五
振替　〇〇一六〇—八—四一二三
印刷所　三松堂印刷株式会社
製本所　株式会社積信堂

乱丁・落丁本はお手数ですが左記にご送付ください。
送料小社負担でお取り替えいたします。
ご注文、お問い合わせも左記にお願いします。
さいたま市北区櫛引町二—六〇四　〒三三一—八五〇七
筑摩書房サービスセンター　電話〇四八—六五一—〇〇五三

ISBN978-4-480-81678-8 C0092